菩提系列散文 之九

随喜菩提

林清玄

著

作家出版社

（京权）图字：01-2017-3109

图书在版编目（CIP）数据

随喜菩提 / 林清玄著 .—北京：作家出版社，2017.11（2019.2 重印）
（林清玄菩提系列散文）
ISBN 978-7-5063-9456-7

Ⅰ.①随… Ⅱ.①林… Ⅲ.①散文集－中国－当代 Ⅳ.① I267

中国版本图书馆 CIP 数据核字（2017）第 079915 号

本著作物经厦门墨客知识产权代理有限公司，由九歌出版社有
限公司授权作家出版社，在中国大陆出版、发行中文简体字版本。

随喜菩提

作　　者：林清玄
责任编辑：省登宇
助理编辑：张文剑
装帧设计：粉粉猫
出版发行：作家出版社有限公司
社　　址：北京农展馆南里 10 号　　邮　　编：100125
电话传真：86-10-65067186（发行中心及邮购部 ）
　　　　　86-10-65004079（总编室）
E-mail:zuojia @ zuojia.net.cn
http://www.zuojiachubanshe.com
印　　刷：三河市北燕印装有限公司
成品尺寸：142×210
字　　数：150 千
印　　张：6
版　　次：2017 年 11 月第 1 版
印　　次：2019 年 2 月第 3 次印刷
ISBN 978-7-5063-9456-7
定　　价：35.00 元

目　录
CONTENTS

1

自 序

1

朋友好意地拿来三部影片借我看，是近两年来非常受瞩目的电影《悲情城市》《菊豆》《滚滚红尘》。朋友是学生时代一起学电影的好友，我们时常带着几个馒头到电影院去赶场，也都有过拍电影的少年志愿，后来因为时空因缘，使我们离开了电影。

"你常常说中国人拍不出什么好电影，你看看这来自三个不同地区的电影，会发现中国人还是可以拍电影的。"朋友说。

我抽空看了台湾导演侯孝贤的《悲情城市》、大陆导演张艺谋的《菊豆》、香港导演严浩的《滚滚红尘》，因为是连着看，感触特别深刻。他们都同时具有鲜明的历史与地理背景，但描述的却是人共同的情感。这些不同类型的情感里都有着悲情之美，情到深处，令人流下同情之泪。

看完了，我同意朋友的观点："是的，咱们中国人还是可以拍好电影的呀！"

好电影虽有不同的定义，如果把定义放在感动人心、流畅无碍，有风格、有结构之美，有深切的人文思想与人道关怀，这三部电影无疑地都有一定的水准。

三个来自不同地区的中国导演，似乎都共同选择了抒情的音乐、开阔的大远景，以及缓慢推展的情节基调。这让我们有了更深的叹息。叹息的是，在中国的大背景里，为什么有这么多悲情的故事呢？这两年，中国电影里的代表作品，无一例外，都是悲剧。

这使我想起一个宿命的观点：中国人是不是悲剧的民族呢？关于这一点，有一次和柏杨先生聊天，他斩钉截铁地说："中国人是受了诅咒的民族！"我的看法虽没有这么强烈，但在听中国音乐时，却又不能不深思。

2

中国的乐器可能也是世界上最能表现悲哀的乐器。我每次听到洞箫、笛子、二胡、琵琶所演奏的音乐都有掩不住的悲意，特别是在夜深人静的时候更是如泣如诉。即使像古筝、扬琴在本质上或许没有那样悲伤，但也是叮叮当当，引人忧伤。

这种在乐器中表现的悲哀之情，时常引起我的迷思，或许是中国人太苦难了，不知道如何用欢喜的音乐来表达情感；或许是我们中国人觉得只有悲哀的曲式才有深刻的寓意。当然，中国音乐也偶有欢乐的序曲，像北管的急管繁弦，像节庆的锣鼓大阵，只是太嘈杂了，在过去的时候往往留下更凄凉的冷意。

由于音乐里的冷调子，有一位拉二胡的朋友告诉我，从前如果是在夜里拉琴——弹琵琶、吹洞箫也是一样，结束的时候总要拉一曲送鬼曲。原因是，国乐里忧伤的曲子，总会使数十里外的鬼魂寻着乐音来聆听，并追思悲哀的前生事迹。如果不演奏送鬼曲，他们就会在附近徘徊终夜。

朋友说："那有点类似西方的'安魂曲'吧！但我已经几年没有拉送鬼曲了。"

我说："为什么？"

"送鬼曲太长，拉的时候还仿佛听见'安可，安可'的声音。"朋友玩笑地说，"现在我练琴完了，就念佛教的往生咒，然后说：'南无阿弥陀佛！现在你们各自回家吧！音乐只是音乐。'"

3

音乐只是音乐，电影只是电影，但是如果在艺术形式上，我们只擅于用悲剧来表示，那可能是深层意识里共同的本质。我们在《悲情城市》中看见哑巴青年惊惶的神色，在《滚滚红尘》里看到在雪地中踽踽颠颠的大远景，在《菊豆》结尾看到烈火中熔化的女主角，都是对着时代、对着中国人的苦难，一声最深沉的叹息与呼喊！

有一回，我赶赴乡下的庙会，正看到庙前两班戏班在"拼场"。一边是布袋戏里的金光戏，锣鼓喧天，鞭炮连响，而戏台前空无一人；另一边是歌仔戏的哭调，如怨如诉，缠绵悱恻，台前挤满了观众。

中国人还是比较喜欢悲剧吧！可悲的是，当悲剧不能满足我们的时候，我们并不转化为喜剧，而是变成流俗不堪的牛肉场。红尘是苦，生命悲凉，是任谁也懂得的。只是在转化的时候，我们能不能提升境界，使我们有清明的心，就只有少数人能知。

一次在台湾大学演讲，一位医学院五年级的学生问我："人活着是为了什么？"

这重大的问号，使我呆了半晌，然后我说："人活着，首先是要认清红尘是苦、生命悲凉，然后在红尘里深化自我，使我们有深刻的心，再以这种深刻来提升转化，用一种净化的态度向前走去！"

深化、转化、净化或许是空泛的，不易体验厘清，但使我想起鲁迅的名句："相逢一笑泯恩仇。"

"相逢一笑"是很高的境界，因为生命只是偶然的擦肩而过，"你我相逢在黑夜的海上，你有你的，我有我的，方向！""要珍惜那交会时互放的光芒！"

在悲情奔赴的红尘之约，我们总是在心里留下一个"船过水无痕"的祝愿呀！

4

一切人生的历程都有悲情，即使是佛教信徒，或甚至是修行者，也不能免于悲情。

正因为这种不可逃避的悲情，释迦牟尼佛才会在深夜里离开辉煌的皇宫走向冷寂的雪山和森林，是希望能解开这一团悲情的谜题，从而"离苦得乐"，得到究竟的解脱。

佛的最根本教化"苦·集·灭·道"，说的虽然都是苦，目标却是教我们离苦。因而，佛法虽以人生的苦难出发，却不是为让我们痛苦而存在的。反之，是为了走向平安、坦然、喜乐而存在。不然，佛也不必一再向我们宣讲"极乐世界"了。

这些年来，我因为写作"菩提系列"的因缘，与许许多多的佛教徒接触，发现许多人不仅未因学佛迈入心灵平安、生命喜乐之境，反而增加了许多烦恼和痛苦；他们苦恼的行囊不仅没有放下，反而在背上新增了许多包袱，包袱上写着"业障""轮回""因果"等等字迹，背带上则写着"人生是苦""厌离世间"的言语。

佛虽然一再宣讲因果、业报、轮回，以及人生苦难的真实，但不是为了教我们束缚而讲，是教我们认识，然后一个一个放下它！

我时常想起佛教导的"四无量心"——慈悲喜舍，我们时常只注意到慈悲和布施，很少人能有"喜无量心"，欢喜无量地活在人间，欢喜无量地面对众生与世界。可是，我们如果不能喜悦无量地走向佛道，不正是违背了佛对菩萨最根本的教导吗？

"喜无量心"或者是太高的境界，我们把标准降低一点，就说是"随喜"吧！能随缘而喜，不生苦恼，作为佛弟子的我们是不是做到了呢？

由生命的苦恼而走入佛门，是很好的，但是闻法而雀跃，欢喜信受不是更好吗？苦恼中求悟是很好的，但是以喜悦的心来求悟不是更好吗？以厌离世间的心走向净土是很好的，但是以欢喜净土的心走向极乐世界不是更好吗？

5

这是此书取名为《随喜菩提》的由来。看到修行的人没有喜心，看到学佛的人不能随缘欢喜，都使我感到痛心。因为我深信只要踏入佛门的人，就应该立刻体验到生命的滋润与空性的法喜。佛法并不是死后才有利益，是在举足跨入时，就已经给我们的生命带来莫大的利益了。

我的"菩提系列"写作，便是在说明我们不但要有欢喜心来体验佛法，也要喜乐地看待我们的人生。这本书是"菩提系列"的第九部，希望众生得到法喜禅悦的心情更是急切了，因此给此书定名为《随喜菩提》。

《弥勒菩萨所问本愿经》里，说到大家熟悉的弥勒菩萨往昔修行的时候就是"以善巧方便安乐之道积集无上正等菩提"，可见快乐的修行也可以成就菩萨行。弥勒菩萨就是在启示我们，做一个笑口常开、大肚能容的人也能修行成就，那么何妨把心胸放宽，保持喜悦的心情闻法、修法，成就菩提呢？

当然，修苦行可能更殊胜，只不过，修苦行的人，心并不苦，是在艰苦的修行中还保存法喜禅悦的。

我多么希望能看见更多喜悦的修行者呀！

6

"随喜"出自《华严经普贤行愿品》。普贤菩萨曾发过十个大愿：

一者礼敬诸佛。

二者称赞如来。

三者广修供养。

四者忏悔业障。

五者随喜功德。

六者请转法轮。

七者请佛住世。

八者常随佛学。

九者恒顺众生。

十者普皆回向。

第五大愿正是"随喜功德"。普贤菩萨说：

言随喜功德者，所有尽法界虚空界，十方三世一切佛刹极微尘数诸佛如来，从初发心为一切智，勤修福聚，不惜身命。

经不可说不可说佛刹极微尘数劫，一一劫中，舍不可说不可说佛刹极微尘数头目手足，如是一切难行苦行，圆满种种波罗蜜门，证入种种菩萨智地，成就诸佛无上菩提，及般涅槃分布舍利，所有善根，我皆随喜。

及彼十方一切世界六趣四生，一切种类所有功德，乃至一尘，我皆随喜。

十方三世一切声闻及辟支佛，有学无学所有功德，我皆随喜。

一切菩萨所修无量难行苦行，志求无上正等菩提，广大功德，我皆随喜。

如是虚空界尽，众生界尽；众生业尽，众生烦恼尽，我此随喜无有穷尽，念念相续无有间断，身语意业无有疲厌。

从一切的功德，乃至一尘的功德；从佛菩萨的功德，乃至一个众生的功德，我都是打从心里涌泉一样的喜悦，如柔软的莲花开出无边的水面。每读普贤菩萨的十大愿，都使我好像闻到了清晨时分莲花的芳香。

随喜呀！随喜！纵使在心中对人世有无限的悲情，纵使在红尘里滚滚如流，纵使处在深切的痛苦之中，都要随喜，不穷尽、不间断、永不疲劳与厌倦！

随喜呀！随喜！窗外初开的一朵紫茉莉是微笑的，雨后剪尾羽的燕子在风中跳舞，夏日午后树梢的鸣蝉唱着喜悦之歌，云彩与风和气地打招呼，闪电和雷声为春天鼓掌……这一切现成的世界，不都是如此美好，令人涌起如莲的喜悦吗？

随喜呀！随喜！亲爱的朋友，那记忆中的喜悦不都留下了铃铛叮叮、翠玉交响的声音吗？

7

我常常想，如果我要送礼物给至爱的朋友，我要送什么呢？在我的心中，什么样的礼物最珍贵呢？

我愿意把一种名字叫作"喜悦"的心情，用七彩的色纸包装起来，用金黄色的丝带打结，呈献给天下的人。让那些已经忘了微笑，许久没有开怀，愁眉深锁的人，都能品味到生命的芳香。对我而言，生命最悠长的芳香是佛的教化。可能在打开包装纸的时候发现空无一物，有的人感到失望，有的人笑了起来。

是呀，我用一切的颜彩来包装，只是为了要人知道"空无一物"是世间最好的礼物。在空中没有杂染，能领受无为的欢愉的人，才能认识到这是多么珍贵的礼物。

现在，我以一种随喜的心情，把这份珍贵的礼物送给您。

让我们一起来，再念诵一次普贤大愿：

礼敬诸佛

称赞如来

广修供养

忏悔业障

随喜功德

请转法轮

请佛住世

常随佛学

恒顺众生

普皆回向

林清玄

一九九一年夏天

在台北永吉路客寓

"菩提十书"新序
——致大陆读者

一花一净土，一土一如来

三十岁的时候，在世俗的眼光里，我迈入了人生的峰顶。

我得到了所有重要的文学奖项，我写的书都在畅销排行榜上，我在报纸杂志上有十八个专栏。

我在一家最大的报社，担任一级主管，并兼任一家电视台的主管。我在一家最大的广播公司主持每天播出的带状节目，还在一家电视台主持每周播出的深入报道节目。

我应邀到各地的演讲，一年讲二百场。

"世俗"的成功，并未带给我预期的快乐，反而使我焦虑、彷徨、烦恼，睡眠不足，食不知味。

我像被打在圆圈中的陀螺，不停地旋转，却没有前进的方向，也不知道什么时候会倒下来。

有一天，我在报社等着看大样，发现抽屉里有一本朋友送我的书《至尊奥义书》，有印度的原文，还有中文解说。

随意翻阅，一段话跳上我的眼睛：

"一个人到了三十岁，应该把所有的时间用来觉悟。"

我好像被人打了一拳，我正好三十岁，不但没有把所有的时间用来觉悟，连一分钟的觉悟也没有，觉悟，是什么呢？

再往下翻阅：

"到了三十岁，如果没有把全部的时间用来觉悟，就是一步一步地走向死亡的道路！"

我从椅子上跳起来，感到惊骇莫名，自己正一步一步走向死亡的道路还不自知呀！

从那一个夜晚开始，我每天都在想：觉悟是什么？要如何走向觉悟之路？

一个月后，我停止了主持的广播节目和电视节目，也停止了大部分的专栏。

三个月后，我入山闭关，早上在小屋读经打坐，下午在森林散步，晚上读经打坐。

我个人身心的变化，可以用"革命"来形容，为了寻找觉悟，我的人生已经走向完全不同的路向。

走上独醒与独行的路

那一段翻天覆地的改变，经过近三十年了，虽说已云淡风轻，但每次思及当时的毅然决然，依然感到震动。

我的全身心都渴求着"觉悟",这种渴求觉悟的内在骚动,使我再也无法安住于世俗的追求了。

虽然,"觉悟"于我只是一个模糊的概念,分不清是净土宗觉悟到世间的秽陋,寻找究竟的佛国,或者是密宗觉悟到佛我一体的三密相应,或是华严宗觉悟到世界即是法界,庄严世界万有,或者是天台宗觉悟到真理是普遍存在的,一色一香,无非中道!

我的"觉悟"最接近的是禅宗的"顿",是"佛性的觉醒",是不论我们沉睡了多么长的时间,醒来都只是短暂的片刻。

很庆幸,我在三十岁的某一个深夜,醒来了!

也就是在那个醒来,我开始写作第一本菩提的书《紫色菩提》,我会再提笔写作,是因为"佛教的思想这么好,知道的人却这么少",希望用更浅白的文字来讲佛教思想。

其次是理解到,佛教的修行不离于生活,禅宗的修行从来不是贵族的,它自始至终都站在庶民大众的身边。它的思想简明易懂又容易修行,它不墨守成规,对经论采取自由的态度。

自从百丈之后,耕田、收成、运水、搬柴,乃至吃饭、喝茶,禅的修行深入于生活的每一个细节。

如果能在觉悟的过程,将生活、读书、修行、写作冶成一炉,应该可以创造一些新的思想吧!

我的"菩提系列"就是在这种心情下开始创作的,我的闭关内容也有了改变,早上读经打坐,下午在森林经行,晚上则伏案写作。

经过近十年的时间,总共写了十本"菩提",当时在台湾交由九歌出版社出版，引起读书界的轰动，被出版业选为"四十年来最畅销及最有影响力的书"。

后来，授权给北京的作家出版社，出版了简体字版，也是轰动一时，成为许多大陆青年的床头书。

三十年前，我的人生走向了一条分叉的路，如果在世俗的轨道继续向前走，走向人群熙攘的路，会是如何呢？

我走上了人迹罕至的路，走上了独行与独醒的路，到如今还为了追寻更高的境界，努力不懈。

我能无悔，是因为步步留心，留下了"菩提系列""禅心大地系列""现代佛典系列""身心安顿系列"，《打开心内的门窗》《走向光明的所在》……

我确信，对于彷徨的现代人，这些寻找觉悟之道的书，能使他们得到启发，在世俗的沉睡中醒来。

学习看见自己的心

"觉悟"在生命里是神奇的，正是"千年暗室，一灯即明"，不管黑暗有多久，沉睡了多么长的时间，只要点燃了一盏小小的灯火，一切就明明白白、无所隐藏了！

"觉悟"不只是张开心眼来看世界，使世界有全新的面目；也是跳出自我的执着，从一个全新的眼睛，来回观自己的心、自己的爱、自己的人生。

"觉"是"学习来看见"，"悟"是"我的心"，最简明地说，"觉悟"就是"学习看见自己的心"。

"觉悟"乃是与"菩提"连成一线的,《大日经》说:"云何菩提,谓如实知自心。"

这是为什么我在写"菩提系列"时,把书名定为"菩提"的原因,它缘于觉悟,又涵盖了觉悟,它涵容了佛教里一些"无法翻译"的内涵,例如禅那、般若、三昧、南无、波罗蜜多等等。

"菩提"在正统的佛教概念里,原是"断绝世间烦恼而成就涅槃智慧"的意思,但由于它的不译,就有了无限的延展和无限的可能。

我想要书写的,其实很简单,不只是佛教的修行能改变人生,就在我们生活里,也有无限延展和无限可能。

"菩提"的具体呈现是"菩提萨埵",也就简称"菩萨","菩提"是"觉","萨埵"是"有情"。

"觉有情"这三个字真美,我曾写过一本书《以有情觉有情》,来阐明这个道理:菩萨的行履过处,正是以更深刻的情感来使有情的众生得到觉悟,而每一个有情时刻都是觉悟的契机。

生活是苦难的,生命是无常的,但即使是最苦的时候,都能看见晚霞的美丽;最艰难的日子,都能感受天空的蔚蓝与海洋的辽阔。纵是最无常的历程,小草依然翠绿,霜叶还是嫣红。

道由白云尽,春与青溪长;时有落花至,远随流水香。白云与青溪,落花与流水,都是长在的,并不会随着因缘的变幻、生命的苦谛而失去!

"菩提十书"写的正是这种心事,恰如庞蕴居士说的"一念心清净,处处莲花开;一花一净土,一土一如来",生命里若还有阴晴不定，生活里若还有隐晦不明，那是因为我们还没有触事遇缘都生起菩提呀！

我把"菩提十书"重新授权给大陆出版，时光流变已过半甲子，年华渐老、思想如新，祈愿读者在这套书中，可以触到觉悟与菩提的契机！

林清玄

二〇一二年秋天

台北清淳斋

卷一　波罗蜜

莲花汤匙

　　洗茶碟的时候，不小心打破了一根清朝的古董汤匙，心疼了好一阵子，仿佛是心里某一个角落跌碎一般。

　　那根汤匙是有一次在金门一家古董店找到的。那一次我们在山外的招待所，与招待我们的军官聊到古董，他说在金城有一家特别大的古董店，是由一位小学校长经营的，一定可以找到我想要的东西。

　　夜里九点多，我们坐军官的吉普车到金城去。金门到了晚上全面宵禁，整座城完全漆黑了，商店与民家偶尔有一盏烛光的电灯。由于地上的沉默与黑暗，更感觉到天上的明星与夜色有着晶莹的光明，天空是很美很美的灰蓝色。

　　到古董店时，"校长"正与几位朋友喝茶。院子里堆放着石磨、石槽、秤锤。房子里十分明亮，与外边的漆黑有着强烈的对比。

　　就像一般的古董店一样，名贵的古董都被收在玻璃柜子里，

3

每日整理、擦拭。第二级的古董则在柜子上排成一排一排。我在那些摆着的名贵陶瓷、银器、铜器前绕了一圈，没见到我要的东西。后来"校长"带我到西厢去看，那些不是古董而是民间艺术品，因为没有整理，显得十分凌乱。

最后，我们到东厢去，"校长"说："这一间是还没有整理的东西，你慢慢看。"他大概已经嗅出我是不会买名贵古董的人，不再为我解说，到大厅里继续和朋友喝茶了。

这样，正合了我的意思，我便慢慢地在昏黄的灯光下寻索检视那些灰尘满布的老东西。我找到两个开着粉红色菊花的明式瓷碗，两个民初的粗陶大碗，一长串从前的渔民用来捕鱼的渔网陶坠。蹲得脚酸，正准备离去时，看到地上的角落开着一朵粉红色的莲花。

拾起莲花，原来是一根汤匙，茎叶从匙把伸出去，在匙心开了一朵粉红色的莲花。卖古董的人说："是从前富贵人家喝莲子汤用的。"

买古董时有一个方法，就是挑到最喜欢的东西要不动声色、毫不在乎。结果，汤匙以五十元就买到了。

我非常喜欢那根莲花汤匙，在黑夜里赶车回山外的路上，感觉到金门的晚上真美，就好像一朵粉红色的莲花开在汤匙上。

回来，舍不得把汤匙收起来，经常拿出来用。每次用的时候就会想起，一百多年前或者曾有穿绣花鞋、戴簪珠花的少女在夏日的窗前迎风喝冰镇莲子汤，不禁感到时空的茫然。小小如一根汤匙，可能就流转过百年的时间，走过千百里空间，被许多不同的人使用，这算不算是一种轮回呢？如果依情缘来说，说不定在某一个前世我就用过这根汤匙，否则，怎么会千里迢迢跑到金门，而在最偏僻的角落与它相会呢？这样一想，使我怅然。

现在它竟落地成为七片。我把它们一一拾起，端视着不知道要不要把碎片收藏起来。对于一根汤匙，一旦破了就一点用处也没有了，就好像爱情一样，破碎便难以缝补，但是，曾经宝爱的东西总会有一点不舍的心情。

我想到，在从前的岁月里，不知道打破过多少汤匙，却从来没有一次像这一次，使我为汤匙而叹息。其实，所有的汤匙本来都是一块泥土，在它被匠人烧成的那一天就注定有一天会被打破。我的伤感，只不过是它正好在我的手里打破，而它正好画了一朵很美的莲花，正好又是一个古董罢了。

这个世界的一切事物都只不过是偶然。一撮泥土偶然被选取，偶然被烧成，偶然被我得到，偶然地被打破……在偶然之中，我们有时误以为是自己做主，其实是无自性的，在时空中偶然的生灭。

在偶然中，没有破与立的问题。我们总以为立是好的，破是坏的，其实不是这样。以古董为例，如果全世界的古董都不会破，古董终将一文不值；以花为例，如果所有的花都不会凋谢，那么花还会有什么价值呢？如果爱情都能不变，我们将不能珍惜爱情；如果人都不会死，我们必无法体会出生存的意义。然而也不能因为破立无端，就故意求破。大慧宗杲曾说："若要径截理会，需得这一念子噗地一破，方了得生死，方名悟入。然切不可存心待破。若存心破处，则永劫无有破时。但将妄想颠倒的心、思量分别的心、好生恶死的心、知见解会的心、欣静厌闹的心，一时按下。"

大慧说的是悟道的破，是要人回到主体的直观，在生活里不也是这样吗？一根汤匙，我们明知它会破，却不能存心待破，而是在未破之时真心地珍惜它，在破的时候去看清："呀，原来汤匙是泥土做的。"

这样我们便能知道僧肇所说的："不动真际为诸法立处。非离真而立处，立处即真也。然则道远乎哉？触事而真。圣远乎哉？体之即神。"（一个不动的真实才是诸法站立的地方，不是离开真实另有站立之处，而是每一个站立的地方都是真实的。每接触的事物都有真实，道哪里远呢？每有体验之际就有觉意，圣哪里遥远呀？）

我宝爱一根汤匙，是由于它是古董，它又画了一朵我最喜欢的莲花，才使我因为心疼而失去真实的观察。如果回到因缘，僧肇也说得很好。他说：

> 物从因缘故不有，缘起故不无，寻理即其然矣。所以然者，夫有若真有，有自常有，岂待缘而后有哉？譬彼真无，无自常无，岂待缘而后无也。若有不自有，待缘而后有者，故知有非真有。有非真有，虽有不可谓之有矣。

一根莲花汤匙，若从因缘来看，不是真实的有，可是在缘起的那一刻又不是无的。一切有都不是真有，而是等待因缘才有，犹如一撮泥土成为一根汤匙需要许多因缘；一切无也不是真的无，就像一根汤匙破了，我们的记忆中它还是有的。

我们的情感，乃至于生命，也和一根汤匙没有两样，"捏一块泥，塑一个我"，我原是宇宙间的一把客尘，在某一个偶然中，被塑成生命，有知、情、意，看起来是有的、是独立的，但缘起缘灭，终又要散灭于大地。我有时候长夜坐着，看看四周的东西，在我面前的是一张清朝的桌子，我用来泡茶的壶是民初的，每一样都活得比我还久，就连架子上我在海边拾来的石头，是两亿七千万年前就存在于这个世界了。这样想时，就会悚然而惊，思及"世间无常，国土危脆"，感到人的生命是多么薄脆。

在因缘的无常里，在危脆的生命中，最能使我们坦然活着的，就是马祖道一说的"平常心"了。在行住坐卧、应机接物都有平常心地，知道"月影有若干，真月无若干；诸源水有若干，水性无若干；森罗万象有若干，虚空无若干；说道理有若干，无碍慧无若干"。（马祖语）找到真月，知道月的影子再多也是虚幻，看见水性，则一切水源都是源头活水……

三祖僧璨说："莫逐有缘，勿住空忍。一种平怀，泯然自尽。"这"一种平怀"说得真好。以一种平坦的怀抱来生活，来观照，那生命的一切烦恼与忧伤自然就灭去了。

我把莲花汤匙的破片丢入垃圾桶，让它回到它来的地方。这时，我闻到了院子里的含笑花很香很香，一阵一阵，四散飞扬。

小　米

丰收的歌

有一次在山地部落听山地人唱《小米丰收歌》，感动得要落泪。

其实我完全听不懂歌词，只听到对天地那至诚的祈祷、感恩、欢愉与歌颂，循环往复，一遍又一遍。

夜里，我独坐在村落边，俯视那壮大沉默的山林，仰望着小米一样的星星，回味刚刚喝的小米酒的滋味，和小米麻糬（草饼）的鲜美，感觉到心里仿佛有一粒小米，饱孕成熟了。这时，我的泪缓缓地落了下来。

落下来的泪也是一粒小米，可以酿成抵御寒风的小米酒，也可以煮成清凉的小米粥，微笑地走过酷暑的山路。

星星是小米，泪是小米，世事是米粒微尘，人是沧海之一粟呀！全天下就是一粒小米，一粒小米的体验也就是在体验整个天下。

在孤单失意的时候，我就会想起，许多年前山地部落的黑夜，沉默的山林广场正在唱"小米丰收歌"，点着柔和的灯，灯也是小米。

我其实很知道，我的小米从未失去，只是我也需要生命里的一些风雨、一些阳光，以及可以把小米酿酒、煮粥、做麻糬的温柔的心。

我的小米从未失去，我也希望天下人都不失去他们的小米。

那种希望没有歌词，只有至诚的祈祷、感恩、欢愉与歌颂。

循环往复，一遍又一遍。

一粥一饭

沩山灵佑禅师有一次闲坐着，弟子仰山慧寂来问："师父，您百年后，如果有人问我关于您的道法，我要怎么说呢？"

沩山说："一粥一饭。"（我的道法只是一粥一饭那样的平常呀！）

地瓜稀饭

吃一碗粥、喝一杯茶，细腻地、尽心地进入粥与茶的滋味，说起来不难，其实不易。

那是由于有的人失去舌头的能力，有的人舌头太刁，都失去平常心了。

我喜欢在早上吃地瓜粥，但只有自己起得更早来熬粥，因为台北的早餐已经没有稀饭，连豆浆油条都快绝迹了，满街都是粗糙的咖啡牛奶、汉堡与三明治。

想一想，从前每天早晨吃地瓜稀饭，配酱菜、萝卜干、豆腐乳是多么幸福的事呀！那从匮乏与饥饿中体验的真滋味，已经很久没有了。

半亩园

从前，台北有一家专卖小米粥的店叫"半亩园"。我很喜欢那个店名，有一种"半亩横塘荷花开"的感觉。

第一次去半亩园，是十八岁刚上台北那一年，一位长辈带我去吃炸酱面和小米粥。那时的半亩园开在大马路边，桌椅摆在红砖道上，飞车在旁，尘土飞扬，尘土就纷纷地落在小米粥上。

刚从乡下十分洁净的空气来到台北，看到落在碗中的灰尘，不知如何下箸。

长辈笑了起来，说："就当作多加了一点胡椒吧！"然后他顾盼无碍地吃了起来。

经过这许多年，我也能在生活中无视飞扬的尘土了。就当作多加了一点胡椒吧！

百千粒米

这也是沩山灵佑的故事。有一次他的弟子石霜楚圆正在筛米，被灵佑看见了，说："这是施主的东西，不要抛散了。"

"我并没有抛散！"石霜回答说。

灵佑在地上捡起一粒米，说："你说没有抛散，那，这个是什么？"

石霜无言以对。

"你不要小看了这一粒米，百千粒米都是从这一粒生出来的！"灵佑说。

灵佑的教法真好。一个人通向菩提道，其实是与筛米无异。对一粒习气之米的轻忽，可能生出千百粒习气；对一粒清净之米的珍惜，可以开展一亩福田。

拾 穗

我时常会想起从前在稻田里拾稻穗的一些鲜明的记忆。

在稻田收割的时候，大人们一行行地割稻子，我们做小孩子的跟在后面，把那些残存的掉落的稻子一穗穗地捡拾起来，一天下来，常常可以捡到一大把。

等到收割完成，更穷困的妇女会带她们的孩子到农田拾穗，那时不是一穗一穗，而是一粒一粒了。一个孩子一天可以拾到一碗稻子，一碗稻子就是一碗米，一碗米是两碗粥，如果煮地瓜，就是四碗地瓜稀饭了。

父亲常说："农田里的稻子再怎么捡，也不会完全干净的。"

最后的那些，就留给麻雀了。

拾穗的经验所给我的启示是：不管我们的田地有多宽广，仍然要从珍惜一粒米开始。

八万细行

那对微细的每一粒米保持敏感与醒觉的态度，在修行者称为"细行"。

也就是对微细的惑、微细的烦恼、微细的习染，以及一切微细的生命事物，也有彻底清净的觉知。

"三千威仪"便是从"八万细行"来的。

微细到什么地步呢？

微细到如一毫芒的意念，也要全心全力地对待。

恶的细行像《宗镜录》说的：

一翳在目，千华乱空；一妄在心，恒沙生灭。

善的细行如《摩诃止观》说的：

一微尘中，有大千经卷；心中具一切佛法，如地
种、如香丸者。

完全超越清净的细行就像《碧岩录》里说的：

有僧问赵州："万法归一，一归何处？"
赵州说："我在青州作一领布衫，重七斤。"

曹源一滴水

仪山禅师有一天洗澡的时候，因为水太热了，叫一个小弟子
提一桶冷水来，把水调冷一些。

年轻的弟子奉命提水来，将洗澡水调冷以后，顺手把剩下的
冷水倒掉。

"笨蛋，你为什么浪费寺里的一滴水？"仪山厉声地责骂，
"一切事物都有其价值，应该善加利用，即使只是一滴水，用来
洒树浇花都很好，树茂盛、花欢喜，水也就永远活着了。"

那年轻的弟子当下开悟，自己改名为"滴水和尚"，就是后
来日本禅宗史上伟大的滴水禅师。

在中国，把一切能承传六祖慧能顿悟禅正法的，称为"曹溪
一滴"或"曹源一滴水"，每一滴水就是一滴法乳。

水的大小

每一滴水看来很小，但组成四大洋的是一滴一滴的水，圆融无碍。

大海看来很大，其实也离不开一滴水。我们呼吸的空气也是如此。

我们每吸一口空气，都是大树、小草，或人所吐出来的。我们每吐出一口空气，也都辗转往复，不会失去存在。

若知道我们喝的水不增不减，我们呼吸的空气不净不浊、不沉不没，就比较能了知空性了。

蟑螂游泳

一只蟑螂掉进抽水马桶，在那里挣扎、翻泳，状甚惊惧恐慌。

我把它捞起来，放走，对它说："以后游泳的时候要小心喔！"

它称谢而去。

大小是相对而生的。对一只蟑螂，抽水马桶的一小捧水就是一个很大的湖泊了。

吃馒头的方法

永春市场有山东人卖馒头，滋味甚美。

每天散步路过，我总是去买一个售价六元的馒头，刚从蒸笼取出，圆满、洁白，热腾腾的，充满了麦香。

一边散步回家，一边细细地品味一个馒头，有时到了忘我的境地，仿佛走在很广大的小麦田里，觉得一个馒头也让人感到特别的幸福。

小　小

小小，其实是很好的，饮杯小茶、哼首小曲、散个小步、看看小星小月、淋些小风小雨，或在小楼里，种些小花小木；或在小溪边，欣赏小鱼小虾。

也或许，和小小时候的小小情人在小小的巷子里，小小地擦肩而过，小小地对看一眼，各自牵着自己的小孩。

小小的欢喜里有小小的忧伤，小小的别离中有小小的缠绵。

人生的大起大落、大是大非，真的是小小的网所织成的。

小诗有味

想到苏东坡的两句诗：

> 高论无穷如锯屑，
> 小诗有味似连珠。

长篇大论就像锯木头的木屑，小小的诗歌就像一连串的珍珠，有味得多了。

"小"往往可以看到更细腻的情感，特别是写细微之心情。陆游有一首好诗《临安春雨初霁》：

> 世味年来薄似纱，谁令骑马客京华；
> 小楼一夜听春雨，深巷明朝卖杏花。
> 矮纸斜行闲作草，晴窗细乳戏分茶；
> 素衣莫起风尘叹，犹及清明可到家。

这是典型的"轻、薄、短、小"。想想看，如果是在大厦里听大雨，在大街看大男人穿梭车阵卖玉兰花，那是如何来写诗呢？

小儿女有情长之义，大英雄有气短之憾。送给情人的一小朵玫瑰花，其真情有时可比英雄们争斗一片江山。

"时人见此一枝花，如梦相似。"

一毛端现宝王刹

智者大师说："一色一香，无非中道。"一色一香虽然微细，却都有中道实相的本体。这就是《楞严经》说的"于一毛端现宝王刹"，那是由于事理无碍、大小相含、一多平等的缘故。

所以，智者大师的"小止观"里有"大境界"，一切"大师"都是从"小僧"做起。

《正法眼藏》里说：

> 一心一切法，一切法一心；
> 心即一切法，一切法即心。

从实相看，这个世界没有什么是真正的小，也没有什么是真正的大。那是有一个心的观照，观大则大，观小即小。

如来眼中的一毛端看到宝王刹，甚至每一毛孔都现出无量的三千大千世界；如来眼中的娑婆世界，也只不过是半个阿摩罗果呀！

锋利不动

别怕！别怕！业障虽大，自其变者而观之，不过是尘尘刹刹，精进！精进！善根虽小，自其不变者而观之，光影灼灼。

德山宣鉴禅师说："一毛吞海，海性无亏；纤芥投锋，锋利不动。"

在这广大的菩提之路，我们就是这样一小步一小步地走上前去。

每一年都会有小米丰收。

我们也会常常唱起小米丰收的歌呀！

那首歌或者没有歌词，或者含泪吟咏，但其中有至诚的祈祷、感恩、欢愉与歌颂，循环往复。

一遍又一遍。

一个茶壶一个杯

　　故乡的体育场附近有一个老人聚集的"茶亭"，终日都有老人在那里喝茶开讲。我回乡居住的时候，总爱去那边闲坐，听听老人在生活中的智慧与品味。

　　由于茶亭少有年轻人去，我刚去的时候，老人有些惊疑，后来知道我是后发哥仔的后生，立刻就冰释了，还热情地说："来，这是你老仔生前常坐的地方。"

　　我发现老人有一个非常明显的特质，就是有说不完的话。他们几乎可以终日聊天而话题不断，从政客打架讲到强奸杀人，从春耕播种说到西瓜落价，从杭州的天气真好扯到屏东某村落三十年前下冰雹……有时候对世事的知情与议论，一针见血的观点犹胜许多在电视上胡扯的知识分子。

　　有一天，一位阿伯仔突然在听到别人说"西瓜好吃，可惜籽多"的时候，他说："现在的世事、现代的人情比西瓜的籽还要复杂。"

别的老人就问:"你是怎样看的?"

"这真简单,"老人自信满满地说,"从前的人一把雨伞可以用很多年,现在的人一年用很多把雨伞。从前的人一双皮鞋可以穿十几年,现在的人一年买很多双皮鞋。从前的人一个春天只做耕种一件事,现在的人一天做很多件事,无闲(忙)得超过以前的一个春天……"

他说得其他老人无不点头表示同意。

他的议论犹未尽。老人的谈话有一特色,就是凡有议论都可以尽情发挥,别人不会随便插嘴。他又说:"只要想想,这样的生活怎能不复杂?光是每天出门要穿哪双皮鞋、哪件衣服就要伤半天脑筋了。我孩子订了两份报纸,早上开门,厚厚两本,信箱也塞不进去。你看,一天就发生这么多事情,咱的一世人加起来,也没有那两本报纸厚。现在的人光是看报纸,就浪费了多少时间,生命哪会得到清闲呢?"

"复杂也没什么不好,表示现在的生活富裕了啊!"一个老人说。

阿伯仔讲:"复杂有什么好?复杂的人就没有单纯的心情,生活便不会踏实和朴实了。一日到晚就像苍蝇找糖膏,飞过来又飞过去,不知道无闲是为了什么……"

讲到这里,一个老人站起来为大家斟茶,阿伯仔突然大有所悟地说:"对了,就像一个茶壶一个杯,这就是单纯的心情。我们如果只有一个茶壶一个杯,才不会计较喝的是什么茶。一斤一百元的茶叶,饮起来也真有滋味。假使一个茶壶几个杯子也很好,因为大家喝的都是同样的茶,没什么计较。现代人的生活就是好几个茶壶，倒在几十个茶杯，这就复杂了。大家总会想，别人的茶壶里不知道是什么茶，想喝一口看看，喝不到就用抢的。喝好茶的人也同样，想喝另外的那壶。久了以后，即使是坐在一起喝茶的人，心里也充满了怨恨和嫉妒，很少人得到平安。"

这一段话说得好极了。老人们都沉默地喝着眼前的这一壶由老人会提供的廉价茶叶，觉得滋味甚是美好。

阿伯仔意犹未尽地说："就像我们现在看黄昏的夕阳。一个夕阳，古代人看起来和现代人看来是一样的。站在平地和站在山顶上看，夕阳也都是同样的美。但是如果心情复杂，站在这山看那山高，夕阳永远没有最美的时刻。"

众人一听，都同时望向夕阳的方向，原来日头已西斜。经老人一说，今天的夕阳看来真是特别的美艳，余晖遍照大地。

"有一天，我的孙子问我：'阿公，你吃这么老了，世上什么东西最好吃？'我说：'饿最好吃。'他又问我：'阿公，什么是最好的心情？'我说：'单纯最好。'他又说：'阿公，幸福是什么？'我说：'平安是福。'"

聊到这里，该是"阿公回家吃晚饭"的时候了，大家欢喜地站起来各自走路回家，相约明天再来开讲。我踩着夕阳流金一样的草地回家，想到老人说的"饿最好吃"，感到肚子真的有点饿了，妈妈煮的菜的芳香竟飘到体育场两公里外的路上来了。

住在乡下的日子，真的感觉到单纯的心情是最美的心情。在城市生活的日子，我们每天总是在追求一些目标，生命的过程往往就在无意间流失，加上我们的追求愈来愈复杂，使人人就像苍蝇一样飞来飞去。

我想到幼年住在外祖母家里，每次和表兄弟相约吃完饭后出去玩，我们总是无心吃饭，胡乱扒一扒就要溜出去，外祖母就会拿拐杖敲我们的头，说："你呷那么紧（你吃那么快），要去赴死吗？"然后她说："你不慢慢吃，怎么知道我们台湾的米多么好吃？"

有一次我看到报纸上广告一种名牌跑车，广告词说："加速到一百公里，只要九秒钟。"就思及外祖母的话，"你呷那么紧，要去赴死吗？"台湾俗语里说"呷紧弄破碗"，确实含有人生的至理。

一个复杂的社会勾起了人更复杂的欲望，复杂的欲望则是搅乱了单纯的心，使我们不知道能坐下来谈天说地是生命的一种至美，使我们不知道踩着夕阳在小路上回家是生活中必要的历程，使我们忽略掉吃妈妈煮的稀饭配酱瓜是比大饭店的山珍海味更值得珍惜的。

我想到有一回看一位老人从脚上拔一根脚毛放在桌上，义正词严地说："我们不能轻视自己的一根脚毛。"

众人愕愕。

他说："这根脚毛存在的条件，说来是很深奥的，先要有脚、有头、有活着的身体。然后要从小吃饭、穿衣服、父母照顾，才能长出一根脚毛。然后，脚毛存在是因为我们存在。我们则有父母、无数的祖先。而且，祖先要个个穿衣、吃饭。米饭长大则要有地球的生机、太阳的培育与月亮的生息。你看，这小小的一根脚毛不是单独存在的呀！我们如果不能珍惜、赞叹、疼爱自己的一根脚毛，那就有负于天下了。"

看看，在有智慧的老人眼中，一根脚毛就有了无限的天地，生命的历程就更不用说了。现代人不能维护单纯的心，是往往误以为复杂地飞来飞去能追求更好的生活。殊不知，再复杂的事物也比不过一根脚毛啊！一切多变的云霞与彩虹，拨开了，背景就是湛蓝的天空。不知道单纯之好的人，就是从未看见天空的人。

　　好好地饮眼前的这杯茶吧！细细地品味当下的这碗饭吧！生命没有第二个此刻了。让我们承担这个此刻，进入这个此刻。因为，饿最好吃，单纯最好，平安是福。

轮回之香

朋友从国外来，送了我一瓶香水，只因为那香水的名称叫"轮回之香"。

朋友说："在佛教里，轮回原是束缚堕落的意思。轮回之中还流着香气，真是太美了。"

我听了有些迷茫。这几年像香水这样的东西也有两极化的倾向。就在不久之前，有两家极为著名的香水公司，分别把它们的香水叫"毒药""寡妇"，也曾引起一阵流行的风潮。如今突然跑来一阵轮回之香，突破了毒药的迷雾。

"香水只是香水，不管它用什么名称，也只是香水呀！"我对朋友说。

对于那些透过强大的宣传来制造的神话，我往往不能理解；对于为什么小小的化妆品香水之类竟可以卖到八千、一万的高价，我更不能理解。

我的不能理解来自我的童年。小学三年级我生了一场大病，到高雄开刀，住在亲戚家。亲戚是化妆品制造厂的老板。我记得他的工厂摆了四口大灶，灶上的锅子永远煮着烟气弥漫的香料，用一个大棒在里面不停地搅拌，香气在一里外就能闻见。

煮好的化妆品分成两种：一种是面霜，一种是水状的（大概是香水或化妆水）。水状的放入茶壶冷却，然后一瓶瓶倒在玻璃瓶里批发出去。

三十年前的台湾还是纯手工的时代。由于对那制造过程的熟悉，竟使我后来看到化妆品都生起荒谬之感。我的脑海里时常浮起表姨在黑夜的灯下，用棒子搅动大锅和以茶壶装瓶的画面。

在表姨家的一个月，我就住在化妆品工厂的阁楼上，那终日缠绵的香气无休无止地在我四周环绕。刚开始的两天还觉得味道不错。过了一阵子，竟感觉那种香虚矫而夸饰，熏人欲呕。到后来，我躺在阁楼上，就格外地怀念乡下牛粪的气味，还有小路上野草的清气。

当年，在台湾南部最流行的香水是"明星花露水"。表姨时常感慨地说："如果能做到像明星花露水那么有名就好了。"

我们乡下中山公园山脚有一家茶室，茶店仔查某都是喷明星花露水。我们每次路过，闻到花露水和霉味交杂的气息，都夹着尾巴飞快地逃走，那个味道有一种说不出的龌龊之感。

不久前，我在台北松山路一家小店买到大中小三瓶明星花露水，包装还是和三十年前一样，价钱所差无几，三瓶不到两百元。想到多年未联络的表姨，想到人事的沧桑，不禁感慨不已。

我对朋友说到了我对香水的一页沧桑："如果有一家名厂的香水，取名为'牛粪'或'青草'，仕女们也会趋之若鹜吧！"这没有贬抑香水的意思，只是对一瓶香水的广告上所说"一滴香水代表永生，不断转生，追求尽善尽美的和谐，小小一滴即是片片永恒，只要一次接触，神奇的境界顿然开启"有着一笑置之的态度。

不管是东方还是西方，香水一直是神秘的象征。

在我国晋朝的时候，女人为了制造香水胭脂，要先砍桃枝煮水，洒遍室内，然后砍寸许的桃枝数千条围插在墙脚四周，并且禁止鸡鸣狗叫，供一个紫色琉璃杯在"胭脂之神"前，自穿紫衣、紫裙、紫带、紫冠簪、紫帽子，虔诚地礼拜。最后，用桃叶刮唇，一直刮到出血，再把血与紫色花朵放在装着汾河水的鼎里煮沸，女人长跪闭目等待，不久就化为香水胭脂了。传说这是我国制造胭脂的开始。

被名为"轮回之香"（Samsara）的香水，传说是那个长跪在西藏佛教圣地扎什伦布寺里佛陀像前的人，得到佛的圆满、宁静、祥和、亲切的启示，以数十种自然原料创造的永恒之香。女性用了这种香水就会得到优雅、宁静、自在。

这两段文字，前者出现在明朝伍瑞隆的小品，后者是二十一世纪新香水的说明书。是不是都充满着神秘、传奇的宗教气氛呢？

不只东西方对香水如此，传说中东沙漠边陲有个叫"阿拉伯乐土"（Eudevnon Araba），在《圣经·旧约》的记载就是盛产香水的地方。他们以橄榄树提炼出来的纯白香料置于炭火上焚烧，会散发出神秘优雅、难以言喻的甜美香气。古埃及和罗马王朝的帝王以此作为祭祀，可与神灵交感。希腊人在公元前一世纪就带着这些香料在海上贸易，并直航阿拉伯海和印度洋。这条贸易之路早于我们所熟知的"丝路",被称为"海上丝路",或"香之路"。

日本当代的音乐家神思者（S.E.N.S，电影《悲情城市》的作曲者），以这个传说作为蓝本，写出了极为动听的"海上丝路系列"。我在聆听《阿拉伯乐土》《茶之圆舞曲》《水畔净土》的乐音时，仿佛也闻到了橄榄树那白色的香气。

日本人从江户时代开始就有"香道"之说，更把香水提升至道的层次，研究香味对生理和心理的影响，发展出极富想象力的芳香疗法（Aromatherapy）。香道是从佛教出来的，香常被用来象征佛法的功德，香道其实就是功德之道。

印度是极早就用香的民族，数千年前就有旃檀香、沉水香、丁子香、郁金香、龙脑香、乳香、黑沉香、安息香等香料。若依使用方法，有香水、香油、香药、丸香、散香、抹香、练香、线香等等，排起来洋洋洒洒，正是一本"香道"。

我觉得极有趣的是在印度、中国西藏都有制"香泥"的风俗。他们把牛粪、泥土、香水混合起来，制成一种泥状的东西，作为涂坛场修法之用。香水虽贵，牛粪泥土亦可贵呀！

对于"轮回之香"我于是有不同的观点：在无始劫的轮回之中，如果我们有戒香、定香、慧香、解脱香、解脱知见香等功德之香作为引导，必将引领我们走入更清净的境界。我深信在法界中，必有一个无形无相的香光庄严世界。

但是，再回头一想，这世界，不论古今中外，任何民族都有他们的"香道"，用以涂饰身体，掩盖从身体出来的自然之味，也可见我们的身体是多么不净。佛陀在四念处中教我们常念"观身不净、观受是苦、观心无常、观法无我"是多么深刻而真实的教化呀!

　　这身体，即使吃的是山珍海味，饮的是玉液琼浆，穿的是绫罗绸缎，涂的是轮回之香，只要过了一夜，无不成为不净的东西。如是观察，就会使我们免除对身相的执着。身相的执着一旦破了，用来庄严不净之身的事物也就不会执着了。

　　我最感慨的是，现代的香水愈做愈昂贵，香气愈来愈盛，甚至连男人也使用香水，是不是表示现代人的身心一天比一天不净了呢?

无怨的风

　　大概是小时候养成的习惯，我一直很喜欢读台湾的农民历。虽然农民历的印刷向来十分粗糙，但我只要看到那黄色的封面，心中就会流过一股温暖的感觉。

　　从有记忆开始，老家祖厅的墙上就挂着一本农民历。由于经常使用的关系，它的书页都已翘起，还沾着一些手渍与油污。在农民历上方的墙是曾祖父曾祖母的画像以及祖父母的遗照，对面则贴着家族成员的重要相片，还有小孩子在学校得到的奖状，密密麻麻的。正中央的供桌则供奉着观音菩萨、妈祖娘娘和祖宗牌位。

　　我常觉得农民历和那些摆在祖厅的事物都有密切关系，它的重要性也可以等量齐观，是农人重要传统的一部分，否则怎么会摆在祖厅那么重要的位置呢？

　　旧时的农民看农民历有着不可轻忽的实用价值。就以五月来说吧，五月的节气叫作"小满"，日出是在清晨五点七分，日落是在十八点三十四分，这时候"太阳过黄经六十度，春天种的稻谷行将结实"。如果是台北的农民，是种植胡瓜、茄子、菜豆、甘薯、大葱的好时间；南部的农民，则可以种植小萝卜、瓮菜、越瓜、大豆、小白菜。若是住在安平的渔民，出海可捕到虱目鱼苗；在东港，则可以捕到龙虾和鲨鱼。

这些看来简单的记述，实际上是不简单的，它是经过千百年无数农民实验的结果，它的真实性也不容轻易怀疑。像我的祖父、父亲都是农民，他们种作的时机全是参考农民历，绝不擅做主张。光复以后，常有农会的人到家里游说，有的希望农民种新作物，有的要改变耕作方法。我记得父亲常回答说："要翻过历书才算。"

农民历当然不只记载种作的事，它还有"每日主事"，记载当天最重要的事，例如"上弦四时十八分"或"蚯蚓出""华佗神医诞辰"等等。还有"每日宜忌"，记载了大自纳采、嫁娶、入宅、安葬、造船、开市，小至裁衣、求医、挂匾、会亲友、扫舍宇种种行事。

从前的农民大小事都很细心谨慎，深怕犯冲，所以大小事情都会参阅皇历。另一个原因是敬畏天地，但要事事求教于风水仙又不可能，参看皇历是最便利的。

我童年时就对农民历深信不疑，甚至有一些被现代人看作迷信的东西，我也觉得颇有道理，譬如农民历最后一页常有"鹅肉配蛤蜊会中毒"，需用"绿豆沙来解"的图形，或者某月某日生肖属蛇的会犯冲，不宜远游诸类的说法。

长大一些以后，离家在外，我每年都会买一本农民历来放着，以备不时之需。有时深夜读之，便会惦念起父亲以及农田的情景，慢慢体会出农民历除了实用的记述，也有非常美丽的东西。像二十四个节气，每一个节气的语言都是美的：立春、雨水、惊蛰、春分、清明、谷雨、立夏、小满、芒种、夏至、小暑、大暑、立秋、处暑、白露、秋分、寒露、霜降、立冬、小雪、大雪、冬至、小寒、大寒。这些简单看似无情的语言，却蕴含了天地造化生育、繁茂、成熟、凋零的至情。

就以今年来说，是岁在庚午。庚午在皇历的开卷诗是：

> 午支是岁适逢庚，九穗难期在一茎；
> 楚北河傍留履迹，荆阳陆上有船行。
> 早禾既属车非满，晚稻还忧禀未盈；
> 值此饥寒人在世，总宜安分勿伤情。

意思是这虽不是一个很好的年，如果能安分不要伤害万物，还是可以安然度过。每年皇历的开卷诗都不一样，也没有一个绝对的好年或坏年，能守情守分的人，必能稳步前进。

农民历以六十年为一甲子。每年对某些人固然不好，从大的角度看总有较好的时机。若以人的平均寿命六十岁来看，宇宙时空的轮替正好一圈，是真正的公平，也是"三十年河东，三十年河西""三十年风水轮流转"之意。体会到这一点，当我们遭逢不顺畅的年冬，可以真正的无怨。

农民历记载事物看来平凡，却非常文学而宜于联想，像"雁北乡""雉始雊""鱼上水""蚯蚓出""鸿雁来""征鸟厉疾""鹰化为鸠""蛰虫始振"是记载动物活动的情形；像"水泽坚腹""东风解冻""草木萌动""雷乃发声""始电""虹始见""大雨时行""水始冰""天地始肃""天气上腾地气下降"，是记载大自然的变化；像"王瓜生""苦菜秀""靡草死""禾乃登""菊有黄花""草木黄落""腐草化为萤"，是记载植物的生长与变化。我常常想，要以如此简短精确的文字描述宇宙的情事，真不是一件简单的事。可见我们的祖先不但观察力敏锐，描述的敏感也是令人惊叹的。

有时候，农民历也有一些养生的记载，像我手中的农民历就有一篇《食疗歌》，也是先民的经验之谈。它说：

生梨食后化痰好，苹果消食营养高。

木耳抗癌素中荤，黄瓜减肥有成效。

紫茄祛风通脉络，莲藕除烦解酒妙。

海带含碘消淤结，香菇存酶肿瘤消。

胡椒驱寒兼除温，葱辣姜汤治感冒。

大蒜抑制肠胃炎，菜花常吃癌症少。

鱼虾猪蹄补乳汁，猪牛羊肝明目好。

盐醋消毒能消炎，韭菜补肾暖膝腰。

花生降醇亦营卫，冬瓜消肿又利尿。

柑橘消食化痰液，抑制癌菌猕猴桃。

香蕉含钾解胃火，禽蛋益智要记牢。

萝卜化痰消胀气，芹菜能降血压高。

生津安神数乌梅，润肺乌发食核桃。

番茄补血驻容颜，健胃补脾吃红枣。

白菜利尿排毒素，蘑菇抑制癌细胞。

　　仔细读这《食疗歌》，使我们了解老一辈人的营养观念是这样来的。其中有许多科学的新观念，显然是近代人添加的。可见农民历不是完成于一人之手，也不是固定的，它可以变化、添加、发展，成为生活的手册——对了，农民历正是我们前人的"生活笔记"。

　　农民历中占很大部分的风水、命理、干支、五行，许多现代人都视为迷信的东西，虽有很深的道理，却不是一成不变的。那是由于万物有序，人却是各不相同。这种不同使得四时行焉，仍有相对的可变之道。

　　我在读农民历时就想到一个关于犹太人的笑话。

　　有五个犹太人上了天堂，在争辩什么是人生最重要的东西。

　　第一个犹太人摩西指着头说："理性才是最重要的。"

　　第二个犹太人耶稣指着胸说："爱才是最重要的。"

　　第三个犹太人马克思指着胃说："食物才是最重要的。"

　　第四个犹太人弗洛伊德则说："性才是最重要的。"

　　第五个犹太人爱因斯坦说："你们说得都不对，因为宇宙间的一切都是相对的。"

　　农民历也是如此，在过去的岁月中曾给农业社会的人民提出生活的规范和指标。比较遗憾的是，它的步幅似乎不能相对地与现代生活相结合。我就常希望，现代的农业学家、社会学家、经济学家乃至风水先生能重视这项遗产，保留珍贵的部分，重新编写一份属于现代人的"生活手册",让农民挂在壁间的皇历有新的面貌。

我对农民历关于风水命理的部分持保留的态度,那是因为我相信禅师说的"日日是好日"。心里要是无怨,不管世间的八风怎么吹,我们都能听见风中美好的消息。心里要是有怨,再清凉的风里面都有寒蝉的悲声。

有一次,我和师父忏云上人在一起,听一位风水先生说起师父在美国的庙风水很好,不过有些小地方还可以改得更好,讲了半天,师父说:

"地理不如天理,天理不如人心。"一时之间,满座芬芳,走出户外,感觉到万里外吹来的寒风都是宜人的。

农民历关于风水宜忌、命理冲煞的那一部分,都应该从这个角度来看呀!

总有群星在天上

我沿着开满绿茵的小路散步，背后忽然有人说："你还认识我吗？"

我转身凝视她半天，老实地说："我记不得你的名字了。"

她说："我是你年轻时第一次最大的烦恼。"她的眼睛极美，仿佛是大气中饱孕露珠的清晨，试图唤醒我的回忆。

我默默地站了一会儿，感到自己就是那清晨，我说："你已卸下了你泪珠中的一切负担了吗？"

她微笑不语，我感觉到她的笑语就是从前眼泪所化成的。

"你曾说，"看到我有如湖水般清澈平静，她忍不住低声地说，"你曾说，你会把悲痛永远刻在心版。"

我脸红了，说："是的，但岁月流转，我已忘记悲痛。"

然后，我握着她的手说："你也变了。"

"曾经是烦恼的，如今已变成平静了。"她说。

最后，我们牵着手在开满绿茵的小路散步，两个人都像清晨大气中饱含的露珠，清澈、平静、饱满。

昨天悲痛的露珠早已消散，今晨的露珠也在微笑中，逐渐地消散了。

这是泰戈尔《即兴诗集》里的一段，我改写了一点点，使它具有一些"林清玄风格"，寄给你。我觉得这一段话很能为我们情爱的过往写下注脚。我偶尔也会遇见年轻时给我悲痛与烦恼的人，就感觉自己很能接近这首叙事诗的心情了。

我很能体会你此时的心情，因为不想伤害别人，以致迟迟不能做出分手的决定。你是那样的善良和纯真（就像少年时代的我），可是，往往因为我们不忍别人受伤，到最后，自己却受了最大的伤害，那就像把一支蜡烛围起来烧一样（因为我们怕烧到别人），自己承受了浓烟和窒息。其实，只要我们把蜡烛拿到桌面上，黑暗的房子看得更清楚，自己和别人说不定因此有一些光明与温暖的体会。

这些年来，我日益觉得智慧的重要。什么是"智慧"呢？智是观察和思考的能力，慧是抉择与判断的能力。你的情形是很容易做观察和抉择的。爱上你的人是你不该爱的人，而选择分手可以使你卸下负担得到自由，为什么不选择及早地分手呢？你不忍对方受伤害，但是，爱必然会带着伤害，特别是不正常不平衡的爱，伤害是必然的，我们要学习受伤，别人也要学习受伤呀！

我再写一首泰戈尔的短诗给你：

> 烟对天空、灰对大地自夸：
>
> "火是我们的兄弟。"

悲伤对心、烦恼对生命自矜：

"爱是我们的姊妹。"

问了火和爱，他们都说：

"我们怎么会有那样的兄弟姊妹？"

"我的兄弟是温暖和光明。"火说。

"我的姊妹是温柔与和平。"爱说。

在我们生命的岁月里，火和爱或许是必要的，但不必要弄得自己烟尘滚滚、灰头土脸，也不必一定要悲伤和烦恼，那就像每天有黎明与日落一般，大地是坦然地承受罢了。不正常与不平衡的爱是人生最好的启蒙，就如同乌云与暴风雨是天空最好的启示一般。关于心、关于生命，没有什么是真正的伤害，也没有什么是真正的好，雨在下的时候可能觉得自己对茉莉花是有好处的，但盛开的茉莉花可能因为一场微雨凋落了；暴晒的阳光可能觉得自己会伤害秋日的土地，但土地中的种子却因为阳光能青翠地发芽了。爱情的成熟与圆满正是如此，只要不失真心，没有什么可以伤害我们真实的生命。

在写信给你的时候，我的思想像一只天鹅飞翔，忆起自己在笔记上写过的一些东西：

箭在弓上时，箭听见弓的低语：

"你的自由是我给予的。"

箭射出时，回头对弓大声说：

"我的自由是自己的。"

——没有飞翔，就没有自由。

——没有放下，就没有自由。

——没有自由，弓与箭都失去意义。

　　这些都是游戏的笔墨，我们千万别忘了弓箭之后有拉弓的力，力之后还有人，人还要站在一个广大的空间上。

　　人人都渴望爱情，即使我们正处在其中的爱情不是最好的，却因为渴求而盲目了，这一点连天神也不例外。希腊神话里太阳神阿波罗在追求猎户少女多妮时，因为追不到，使她被父亲化成一棵月桂树，然后感叹地说："你虽不爱我，但最低限度你必须成为我的树。"从此，阿波罗的头上总是戴着月桂冠，纪念他对多妮的爱。牧神潘恩则把女神灵化成一簇芦苇，并把她化成一支芦笛随身携带。世上最美的少年勒施萨斯无法全心地爱别人（因为他太爱自己了），最后他化成池中的一朵水仙花。另一位美少年海亚仙英斯则因为阿波罗的嫉妒而变成一枝随风漂泊的风信子……

　　神话是一个象征，象征人要从情爱中得到自由自在、无碍解脱是多么艰难呀！但是学习是人间的功课，到现在我还在学习，只是我每看到人在情爱中挣扎都是感同身受，希望别人早日得到超越，那是因为我们的学习不一定要自己深陷泥沼才会体验到，有观照之智、抉择的慧，也知道那泥沼的所在和深浅，绕道而行或跨步而过。

　　希望下次收到你的信，就听见你的好消息。我们不必编月桂冠戴在头上，不必随身携带芦笛，人生有许多花朵等我们去采。

如果只想采断崖绝壁那一朵绝美的百合，很可能百合没有采到，清晨已经消逝了。

青春的珍惜是最重要的。在不正常不平衡的爱里浪掷青春，将会使人生的黄金岁月过得茫然而痛苦。青春像鸟，应该努力往远处飞翔。爱情纵使贵如黄金，在鸟的翅膀绑着黄金，也会使最善飞翔的鸟为之坠落！

屋里的小灯虽然熄灭了，

但我不畏惧黑暗，

因为，总有群星在天上。

爱情虽然会带来悲伤，

一如最美的玫瑰有刺，

但我不畏惧玫瑰，

因为，我有玫瑰园，

我只欣赏，而不采摘。

但愿这封信能抚慰你挣扎的心，并带来一些启示。

姑婆叶随想

在三峡的山上散步，发现满山的姑婆叶，显得非常翠绿肥满，我便离开山间小路。步入草丛间姑婆树蔓生的林里，意外看见姑婆树一串一串艳红得要滴出水的种子，我随手摘取几串成熟的姑婆子，带回家来，种在一些空花盆里。

这几年来，我把顶楼的阳台整理成一个小小的花圃，但是我很少去花市里买花。有一些是从朋友家移种而来，有一些是从乡下山里采来的种子，特别是一些我幼年在乡间常见的花草。像我种了狗尾草、酢浆草、一些蕨类，甚至也种了几丛野芒草，都是别人欲除之而后快的野草。我有时也难以了解为什么自己当时会种这些草，有的还种在陶艺名家昂贵的花盆里。

奇怪的是，不管多么卑微的草，只要我们找一个好的花盆，有心去照料，它就会自然展出内在深处不为人见的美质。由于我们在种植时没有得失的心，使我们与花草都得到舒展与自在，蓦然回首，常看到一些惊人的美。

我有一些花草是用种子种的，像我种了好几盆黄的、白的、红的莲蕉花，是从故乡旗山中山公园采到的莲蕉花种子，撒在花盆中，就长得异乎寻常的茂盛。夏天的时候长到有一人高，春末时节，莲蕉大量结籽，我就把它送给喜欢的朋友。

我也种了几棵百香果，是在屏东时，朋友从园子里采下来送我的。我把它种在书房的窗下，两年下来，早就爬满了书房的窗户，藤蔓交缠，绵绵密密。夏夜时，感觉凉风就从里面生起，只可惜种在窗下的百香果不结果，可能是蜜蜂蝴蝶不能飞到的缘故。

还有几盆是紫丁香，说是紫丁香也不确实，因为有几株是粉红，几株是白。这丁香花夜间有一种乳香，是我最欢喜的香气。它在乡下叫作"煮饭花"，是随处可见、俗贱的花。我种的几盆，种子是在美浓一个朋友家鸡棚边采来的。他送我种子时还说："这从鸡屎里长出的紫丁香种子特别肥大，一定能开出很美丽的花。"

另外有两盆特别有纪念价值的野花。一盆是含羞草，那是前年清明返乡扫墓，在父亲坟上发现的。我们动手清除坟上的蔓草时，发现长了几株含羞草。正在拔除时，看到含羞草的荚果里有许多种子。我采了几个放在口袋，回来后就种了它。事隔一年，那含羞草开出许多粉红色的球状花朵，真是美极了。我每次浇水，看见含羞草敏感地合起掌心，就默默地思念着我的父亲，希望来世还能与他相会。

一盆是落地生根，那是去年有一次在阳明山的永明寺独坐到黄昏下山，路边有人在盖屋子，铲了一堆草在道旁，我眼尖看到一串铃铛般美丽的花也被铲倒，捡起来，发现它的茎叶零落，根茎断成三节，叶子五片。我全捡起来，埋种在花盆里。落地生根那强烈而奋进的生命真是难以思议，根茎与叶子全部存活，没有一块例外。有的叶子，一片就长成五六株，而且在今年株株都开花了，黄昏时分，好风一吹，仿佛许多串无声的风铃。

落地生根闽南语叫"钟仔花"，国语叫"铃铛花"，都是很美的名字。我每次看到那一字排开的落地生根，就觉得人的生命力与创造力应该像它一样，即使在恶劣的环境中被铲成八节，节节都是完整的，里面都有一个优美的、风格宛然的自我。

我最得意的是在三峡山上采的姑婆树了。它的生命力与落地生根不相上下，而它成长的速度也极惊人。我总觉得自己对姑婆树有一种特别的感情，记得很小很小的时候，第一次听到大人说"姑婆叶"，就有一种永远不忘的惊奇。曾经问过许多大人，那长得像野芋头叶子的树为何叫"姑婆树"，没有一个人知道。

我有一位三姑妈，家里的后园就长了难以计算的姑婆树。她极擅长做粿食甜点，年节时做了很多，会叫表哥送一蒸笼来，笼盖掀起时的景象如今还深印在我的脑海：各种粿食整齐地放在或圆或方的姑婆叶上，虽被猛火蒸过，姑婆叶仍翠绿如在树上。三姑妈养了许多猪，每次杀猪会央人带猪肉来，猪肉在姑婆叶里扎得密实，外面用一条干草束成十字，真是好看极了。

有时我会这样想：那姑婆树会不会是特别为三姑妈而活在世上、而命名的呢？

从前乡下的姑婆叶用途很多，市场里的小贩都用它包东西，又卫生又美观，也不至于破坏环境，比起现在用塑胶袋要卫生科学得多。

乡下的孩子上厕所用不着纸，在通往茅坑的路上随手撕下一片姑婆叶，就是最便利的纸了。一直到我离开乡下的前几年，我们都是这样解决的。下雨天时也用不到伞，连茎折下的姑婆叶是天然好用的伞。夏天时的扇子，折半片姑婆叶也就是了。野外烤鸡、烤番薯，用姑婆叶包好埋在热土块里，有特别的清香……

早年的乡下市场，每天清晨都有住在山上的人割两担姑婆叶挑来买，往往不到一盏茶的工夫，就全卖完了。

有一次看五十年代的乡土电影，一位主妇去市场卖猪肉，竟用红白塑胶袋提回家，就觉得导演未免太粗心了。当时台湾根本没有红白塑胶袋，如果用姑婆叶包着，稻草束好，气氛就好得多了。

不只是气氛，台湾人倘使还使用姑婆叶，环境也不会败坏到如今这个样子。

姑婆叶在时代里逐渐被遗忘了，正如许多土生在台湾乡间的花草，并不能留下什么，只留下一些温情的回忆。

我看着花盆里那日渐壮大的姑婆树，想到每个时代的一些特质，一些因缘与偶然。植物事实上是表达了一个人的某种心情，不管是姑婆叶、莲蕉花、煮饭花、钟仔花、含羞草，我都觉察到自己是一个平凡而念旧的人。我喜欢这些闲杂花草远胜过我对什么郁金香、姬百合、牡丹花的向往。它让我感觉到，自己一直走在乡间的小路，许多充满草香的景象犹未远去。

在姑婆树高大身影下，我种了一种在松山路天桥上捡到的植物，名叫"婴儿的眼泪"，想到许多宗教都说唯有心肠如赤子，才可以进天堂。小孩子纯真，没有偏见，没有知识，也不判断，他只有本然的样子。或者在小孩子清晰的眼中，我们会感觉那就像宇宙的某一株花、某一片叶子，他们的眼泪就是清晨叶片上的一滴露珠。

时代之风

全世界不约而同地吹起复古的流行风，不管是巴黎、纽约、米兰、东京或台北，在街上一不小心就有三十年代的家具、五十年代的音乐、六十年代的服装跑出来，到处都是旧情绵绵的样子。有时候走进了茶艺馆或咖啡厅，会误以为自己穿越了时空，走进了从前的岁月。

有人把这种新流行风潮称为"新复古主义"，新是指站在现代生活与现代美学的需要，复古则是对从前的古典或浪漫做一种新的取材和思考。有的人把台北最近的新复古主义称为追随世界流行的结果，凡是一有什么主义，台北总是模仿得很快。

其实，在新复古的潮流背后有许多值得思考的东西。到了九十年代，世界上大多数的人都有了比从前更富足的经济生活，更多的自由与更强烈的自我意识。照理说，当代的文化与艺术也应该比从前更美好、更精致，可以很简单地找到象征这个时代的色彩，可惜没有。我们在这个时代中所能想起的，在物品，不外是飞机、汽车、电脑、传真机、电视等等；在材质，我们想到了不锈钢、塑胶、水泥等等。然后，我们制造了许多从前的人难以想象的荒诞的事物，例如纸尿布、饮料瓶、人造花、红白塑胶袋、外星宝宝垃圾桶等等。

我们要找出什么风格来代表我们的时代呢？如果纯粹从美的观点来看，我们的时代实在没有多少美的典型。为了庞大的消费主义结构，厂商必须制造更普及、寿命更短的东西，以促进消费的循环，这样是很难考虑到美的。而由于艺术纳入了商业体系，艺术家不能自外于市场需求，也很难创造出美好精致的作品。

若从实用观点来看，我们的时代失去了求好的精神，不论制造什么物品，都很少有人有这样的观点："要好好制造，这可能要穿一辈子的"，更不要说有"用几代"的观念了。我们时常使用的生活用品于是面临了常常坏、常常更换的情况。

每个人大概都会面临这样的局面，家里的电锅、录影机、桌子坏了，去找人修理，修的人根本懒得修，原因大概有三个：一是"这样的机种或型式早就该淘汰了"；二是"修理的钱比换一部新的还贵"；三是"别土了，这个时代还有人修理东西吗？"你去几家电器行看看，门口是不是堆满不要的电视、冰箱、洗衣机任人取用？你夜晚到垃圾堆看看，被丢掉的家具简直堆积如山呀！更不要说衣服鞋子，好好的也丢掉，别说是用坏的了。

处在这样风格混乱、典型缺少的时代，如果一个人稍微有求好的精神，很容易就成为复古主义者。当我们看到一块三千年前的玉还是晶莹温润，看到一个一千年前的瓷盘仍然剔透细腻，看到一把百年前的太师椅依旧光滑坚实的时候，我们常常会被感动。这种复古的感动不只是中国的，在我们看到十八世纪象征主义的欧洲美术，当我们听到古典音乐，甚至看到五十年前的汽车或留声机时，得到的感动也是相同的。

我们会发现，不管是什么样的时代，总有一些创造的心灵会在时空之上飞翔，穿越数十年、数百年、数千年来到我们眼前，给我们一些温柔的、向往的触击，使那些古代风格飞翔的一双翅膀，一边是美的极致，一边是好的巅峰，同时鼓风前进，一代一代地飞过去。

生活在现代的人失去这一双翅膀了，于是有一些人强词夺理地说什么"后现代主义"，有一些人观点混乱地说所谓的"解构主义"。如果一个时代不求好、不求美，则后现代乃至解构都只是欺人之言。我时常在想，难道我们要把这样的东西留给以后的人吗？我们的心里难道没有一些惭愧吗？

在时光的短促与流变中，现代人对一切旧的事物都感到着迷，甚至只是几十年前六十年代的一切都震撼我们。有时候我走进台北依六十年代波普风格设计的咖啡厅，真有恍如隔世之感。在滚滚红尘之中，我们的时代能吹什么样的风呢？

为什么？为什么这个时代的人，不愿意正视自己的时代呢？我们所想到的从前——不管是什么时代，都代表了温馨、单纯、自然的心情。当我们想到现代，则是冷漠、复杂、人造的，再加上环境败坏、交通混乱、不知来由的疾病（艾滋与癌）。我们每个人在深层的意识中，是不是都希望现代不是如今的样子呢？复古的风潮是象征了我们心里那返璞归真的梦吧！

可叹的是，时代永远不会复古，复古只是一种回归自然、追求朴素、渴望美好生活的心愿，时代还是向前推的。我们与其缅怀着古典主义、浪漫主义、象征主义、表现艺术、波普艺术，或注视着印象派、野兽派、新写实艺术一再以不可想象的价钱被标购，还不如回到眼前，看看我们有什么样的风格和什么样的心灵。

在复古的年代中，在悲情的城市里，让我们一起来倾听时代的风，一起来创造时代的风吧！

铁卷门沉思

深夜一点，我沿着台北最繁荣的忠孝东路四段散步回家。大部分的商店都打烊了，只剩下少数几家二十四小时营业的商店还有明亮的灯光。

这时候，一个荒谬的景象在我的眼前呈现出来，已经打烊的商店家家拉下来的都是密不透风的铁卷门，这些铁卷门全是没有生气的灰蓝色，由于年久未曾油漆，大多斑驳生锈，露出里面的铁锈。有两家新近花费千万装潢的商店，也不例外。

这真是一个奇异的景象，在号称已经是国际性都市的台北，商店的经营者可能花费数千万元做装潢，却舍不得花费数千元来油漆自己的铁卷门，而铁卷门这样的东西不知道是谁发明的，竟然已成为台北，甚至台湾景观最泛滥的东西。家家都是铁卷门，家家的铁卷门都是蓝色，绝大部分都生锈，这种生活的齐一与同质，真是令我感到惊奇。

在铁卷门之上有铁窗，大部分也是单调而生锈了。

其实，大家都知道铁窗与铁卷门并不能保障安全，它更精确地说应该是种心灵的自卫，或者是表达了在台湾的人民没有真正的安全感。在罗马、巴黎、伦敦、纽约、东京这些国际性的大都市，治安不见得比我们好，也没见过人装铁窗铁门的。可见我们长久以来是居住在一个多么丑怪的城市而不自知。

装铁窗铁门也就罢了，几乎没有人愿意在上面花一点心思。我常常在想，铁窗虽然是单调乏味的东西，如果有很好的设计，可以使它变成很现代的花坛，或者甚至不觉得它是铁窗。铁卷门也是如此，镂空雕花之后感觉就会完全不同，或者把它当成画布，提供给艺术家创作，或者让小学的学生来作儿童画，那么，在入夜以后和清晨之前，整个城市都会有鲜丽的色彩和无所不在的美术教育了。

工地，也是台北的奇景。大楼鹰架上一放就是几年的看板，捷运工程围堵了整条道路的铁板，这都是城市最好的画布，但是从来没有人去正视或处理它。一整个城市到处都变得非常丑怪、单调、机械，没有一点想象力和创造力。

天桥也是的，在我居住的地方就有几条架在马路上空的天桥，它们没有一丝颜色，也未曾有过设计，它就灰蒙蒙地搁在那里，呆滞、没有美感。地下道和天桥是同样的东西，它的灰暗、冷寂，没有色彩，也一如天桥。

其实，在我看来，台北到处都是画布，都是文化美感建立的起点，问题只在于我们根本不想美化这个城市，就像懒于在自家商店的铁卷门花心思一样。

我们的美感教育逐渐在背离生活，成为一种荒诞空洞的东西。我就知道有的企业家花上数百万美元在国外标购艺术品，可是他自己的办公室连一幅画、一个盆栽、一束鲜花都没有。有的富人花上数十万元买一个田黄或鸡血印章面不改色，可是走到百货公司，却没有眼光挑出一个具有美感的茶杯。开百万名车出街的阔佬，很多人家里还挂着外销画和美女月历。

也不知道是从什么时候开始的，台北流行茶艺馆，这些消费奇高的茶艺馆都十分讲究装潢，动辄千百万，尽一切可能把它做得像从前乡下的茅房，茅草盖顶、旧的竹帘、粗俗的桌椅，再挂上几盏昏黄的风灯，认为这样是乡土风味或中国风味，我每次走进这种地方就仿佛闻到了当年茅房的气味。

在台北喝茶是世界最贵的。喝咖啡也是世界最贵的。我去过几家一杯咖啡两三百元的店里，也是以装潢取胜，但墙上挂的是拙劣的古典主义仿作，桌椅则是欧洲著名设计师的仿冒品，拿这样的装潢，来卖一杯咖啡三百元，不知道理何在？

而在忠孝东路上，不管是大百货公司、大饭店，或是小的服饰店、咖啡屋，似乎都流行装潢，每隔一两年都要大肆装潢一番，这样的事可以从两个观点看，一是经营者和设计者的眼光短浅，二是没有人想要经营一家有品位的老店。于是整条街都是浮浅、骚动的，随时都在变化、装潢，缺乏大城大道（像巴黎的香榭里、纽约的曼哈顿、东京的银座）那种宁静庄严的气派。

我们的社会泛政治化、泛经济化，是造成美感失落的原因，创造力衰颓、想象力窒塞、欣赏力空洞、生活力贫血，现在可能还看不出台北的将来，不过，生活在空气浊劣、交通阻塞、人心焦虑的地方，如果连一点回旋的空间都没有，还谈什么将来？现在就很痛苦难过了呀!

不做无益之事,何以遣有涯之生?生命里有许多看来是无意义的、像美感、像游戏、像创造与想象,可是倘若没有这些,我们每天踽踽街头,就更感觉到前景的彷徨与渺茫,好像夜暗时台北闹区的街头,单调、苦闷,没有生气。

我们需要的不是计划,也不是等待,而是实践。就从每天拉开和放下铁卷门时开始吧!是不是愿意给点色彩呢?不一定是名画家,家里在读小学的孩子,不就是最好的画家吗?让他试试。

正这样想,我走过一个社区公园,看见四个庞大、丑怪,被称为"外星宝宝"的垃圾桶,使我忍不住叹息,这是世纪末最难看的产物。如果我们的环境保护和卫生工作都由一群没有美感的人为所欲为,城市文化还有什么明天呢?

阿火叔与财旺伯仔

十年没有上父亲的林场了，趁年假和妈妈、兄弟，带着孩子们上山。

车过六龟乡的新威农场，发现沿途的景观与从前不大相同了，道路宽敞，车子呼啸而过。想到从前有一次和哥哥坐在新威学校门口，看一小时才一班的客运车，喘着气登山而去，我对哥哥说："长大以后，如果能当客运车司机就好了。"然后我们挽起裤管入山，沿山溪行走，要走一个小时才会到父亲开山时住的山寮。那时用竹草搭成的寮仔里，住着父亲和他的三位至交阿火叔、成叔、财旺伯仔。

父亲当时还是多么年轻强壮，从南洋战后回来，和少年时的伙伴一起来开山。三十几年前的新威山上还是一片非常原始的林地，没有道路，渺无人居，水电那是更不用说。听父亲说起，刚开山的时候，路上蛇虫爬行，时常与石虎、山猪、猴子、山羌、穿山甲惊慌相对。在寒冷的冬夜睡醒，发现山寮里的地方全是盘旋避寒的蛇，有时要把蛇拨开，才能找到落脚的地方走出去。

彼时阵，我刚刚出世。父亲为了开山，有时整个月没有时间低下头来看我一眼，听母亲这样说。

母亲说："你爸爸为了开山，每天清晨从家里骑脚踏车到新威，光骑车就要两小时。然后步行到深林里去，有时候则整季住在山里。"

每到立秋，雨季来的时候，母亲在夜里常被远方的暴雨与雷声惊醒，不知道在山洪中与命运搏斗的父亲，是否能平安归来。

一直经过二十几年，父亲的四百多甲山林才大致开垦出来。产业道路可以通卡车了，电灯来了，电话线通了，桃花心木、南洋杉、刺竹林都可以收成了，父亲竟带着未完成的梦想离开了我们。

在去新威的路上，妈妈告诉我，阿火叔在前年因肺气肿也过世了，成叔离开山林后不知去向，现在山里只剩财旺伯仔住着。听到这些事，使我因无常而感到哀伤，想到在三十几年前，几个刚步入壮年的朋友，一起挥别家人来开山的情景。

当我站在山里，对孩子说："我们刚刚走过的路都是阿公开出来的。现在你所看得到的山都是我们的，这些树都是阿公种好的。"孩子茫然地说："真的吗？真的吗？"对一个城市长大的孩子，真的很难以想象四百甲山林是多么巨大，没有边际。

小时候，我很喜欢到山里陪爸爸住，因为只有这样才有更多时间与父亲相处。在山中的父亲也显得特别温柔，他会带我们去溪涧游泳，去看他刚种的树苗，去认识山林里的动物和植物，甚至教我们使用平常不准触摸的番刀与猎枪。

我特别怀念的是与父亲、成叔、阿火叔、财旺伯仔一起穿着长长的雨鞋，到尚未开发的林地去巡山，检查土质、山势、风向，决定怎么样开发。父亲对森林那种专注的热情，常使我深深感动和向往，仿佛触及支持父亲梦想的那内在柔软的草原。我也怀念立秋雨季来的时候，我们坐在山寨的屋檐下看丰沛的雨水灌溉山林；夜里，把耳朵贴在木板床，听着滚滚隆隆的山洪从森林深处流过山脚；油灯旁边，父亲煮着决明子茶，芬芳的水汽在屋子里徘徊了一圈，才不舍地逸入窗外的雨景。

我对父亲有深刻的崇仰与敬爱，和他在森林开垦的壮志是不可分的。

那样美好的山林生活，一晃已经三十年了。当我看见财旺伯仔的时候，感觉那就像梦一样。财旺伯仔看见我们，兴奋地跑过来和我们拥抱。他的孙子也都离开山林，只有他和财旺伯母数十年地守着山寨，仍然每天挑着水桶走三公里到溪底挑水，白天去巡山，夜里倾听大溪的流声。

提到父亲、阿火叔的死，成叔的离山，他只是长长地叹一口气。他说："我现在也不喝酒了，没有酒伴唉！"

他带我们爬到山的高处，俯望着广大的山林，说："你爸爸生前就希望你们兄弟有人能到山里来住，这个希望不知道能不能实现呢！"然后，他指着刺竹林山坡说："阿玄仔，你看那里盖个寮仔也不错，只要十几万就可以盖得很美呀！"

在我成长的岁月里，有无数次曾立志回来经营父亲的森林，但是年纪愈长，那梦想的芽苗则隐藏得愈深了。随着岁月，我愈来愈能了解父亲少年时代的梦。其实，每个人都有过山林的梦想，只是很少很少人能去实践它。

我的梦想已经退居到对财旺伯仔说："如果能再回山来住几天就好了。"

离开财旺伯仔的山寮已是黄昏。他和伯母站在大溪旁送我们，直到车子开远，还听见他的声音："立秋前再来一趟呀！"

天色暗了，我回头望着安静的森林，感觉到林地的每一寸中，都有父亲那坚强高大的背影。

静静的鸢尾花

第一次看见凡·高画的鸢尾花使我心中为之一震。凡·高画过两幅鸢尾花，一幅是海蓝色的鸢尾花盛开在田野，背景是翠绿色，开了许多橘黄色的菊花；另外一幅是在花瓶里，嫩黄色背景前面的鸢尾花已经变黑了，有一株全黑的竟已枯萎衰败，倒在花瓶旁边。

这两幅著名的鸢尾花，前者画于一八八九年的夏天，后者画于一八九〇年的五月，而凡·高在两个月后的七月二十九日举枪自杀。

我之所以感到震撼，来自于两个原因，一是画家如此强烈地在画里表现出他心境的转变，同样是鸢尾花，前者表现了春日的繁华，后者则是冬季的凋萎；一是鸢尾花又叫紫罗兰，一向给我们祥和、安宁、温馨的象征，在画家的笔下，却是流动而波涛汹涌。

我是在荷兰阿姆斯特丹的凡·高美术馆看见凡·高那两幅鸢

尾花，一幅是真迹，另一幅是复制品，看完后在阿姆斯特丹市立公园的喷水池旁，就看见了一大片的鸢尾花，宝蓝而带着粉紫，是那么美丽而柔美，叶片的线条笔直爽朗，使我很难以把真实的与画家笔下的鸢尾花合而为一，因为透过了凡·高的心象，鸢尾花如同拔起的一只巨鸢，正用锐眼看着这波折苦难的人间。

坐在公园的铁椅上，我就想起了凡·高与鸢尾花的名字，我想到"梵"（台湾多译作梵高）如果改成"焚"字，就更能表达凡·高那狂风暴雨一般的画风了。而鸢鸟呢？本来是一种凶猛的禽类，它的头顶和喉部是白色，嘴是蓝色，身体是带紫的褐色，腹部是淡红色，尾巴则是黑褐色。如果用颜色与形貌来看，紫罗兰应该叫"鸢头花"，由于用这样的猛禽来形容，使得我们对鸢竟而有了一种和平与浪漫的联想。

在近代的艺术史上，许多艺术家都有争议之处，凡·高是少数被公认为"伟大的艺术家"而没有争议的。凡·高也是不论学院的教授或民间的百姓都能为之感动的画家。我喜欢他早期的几幅作品，像《食薯者》《两位挖地的妇女》《拾穗的农妇》《播种者》等等，都是一般人看了也会为之震动的作品，特别是一幅《小麦束》，全画都是金黄色，收割后的麦子累累的要落到地上来，真是美丽充满了温馨。

我想，我们会喜欢凡·高，乃是由于他对绘画那专注虔诚的态度，这种专注虔诚非凡人所能为；其次，是他内在那热烈狂飙的风格，是我们这些表面理性温和者所潜藏的特质；其三，是他那种魄大而勇敢、几近于赌注的线条，仿佛在呼唤我们一样。我觉得我还有一个更可佩的理由，是在凡·高的画里，我们只看见明朗的生命之爱，即使是他生命中最晦暗的时刻，他的画都展现欢腾的生命力，好像是要救赎世人一样。怪不得左拉曾说凡·高是"基督再世"，这是对一个艺术家最大的赞美了。

现在我们再回到凡·高的鸢尾花吧！他的一幅鸢尾花曾以美金 5390 万拍卖，是全世界最贵的绘画（就是把全世界的鸢尾花全剪下来卖，也没有这个价钱），可见艺术心灵的价值是难以估算的。我最近重读凡·高写给弟弟提奥的全部书简，在心里作为对凡·高逝世一百周年的纪念表示崇敬之意。

我们来看他的两幅鸢尾花绘画时的背景，第一幅一八八九年夏天，凡·高写道：

　　亲爱的提奥，但愿你能看到此刻的橄榄树丛！它的叶子像古银币，那一簇簇的银在蓝天和橙土的衬托下转化成绿，有时候真与你人在北方所想的大异其趣啊！它好似我们荷兰草原上的柳树或海岸沙丘上的橡树；它的飒飒声有异常的神秘滋味，像在倾诉远古的奥秘。它美得令人不敢提笔绘写，不能凭空想象。

　　这段期间，我尽可能做点事，画了一点东西。手边有一张开粉红花的栗树夹道风景，一棵正在开花的小樱桃树，一株紫藤科植物，以及一条舞弄光影的公园小径。今儿整日炎热异常，这往往有益我身，我工作得更加起劲。

凡·高很喜欢他的鸢尾花，在一八九〇年七月他给弟弟的信中说过：

> 希望你将看出鸢尾花一画有何独到之处。

一八九〇年的五月，关于鸢尾的画他写道：

> 我以园中草地为题材画了两幅画，其中一幅很简单，草地上有一些白色的花及蒲公英和一小株玫瑰。我刚完成一幅以黄绿为底色，插在一只绿色瓶子里的粉红玫瑰花束；一幅背景呈淡绿的玫瑰花；两幅大束的紫色鸢尾花，其中一束衬以粉红色为背景，由于绿、粉红与紫的结合，整个画面一派温柔和谐，另一幅则突立于惊人的柠檬黄之前，花瓶和瓶架呈另一种黄色调……

读凡·高的书简和看他的画一样令人感动。我们很难想象在画中狂热汹涌的凡·高，他的信却是很好的文学作品，理性、温柔、条理清晰，并以坦诚的态度来面对自己的艺术与疾病。这一束书简忠实地呈现了一个艺术家的创作历程与心理状态，是凡·高除了绘画留下来的最动人的遗产。

凡·高逝世前一年，他的作品巧合地选择了一些流动的事物，譬如飘摇的麦田，凌空而至的群鸥，旋转诡异的星空，阴郁曲折的树林与花园。在这些变化极大的作品中，他画下了安静温柔和谐的鸢尾花，使我们看见了画家那沉默的内在之一角。

凡·高逝世一百周年了，使我想起从前在阿姆斯特丹凡·高美术馆参观的那一个午后，想起公园中那一片鸢尾花，想起他写给弟弟的最后一句话："在忧思中与你握别。"也想起他在信中的两段感人的话：

　　一个人如果够勇敢的话，康复乃来自他内心的力量，来自他深刻忍受痛苦与死亡，来自他之抛弃个人意志和一己爱好。但这对我没有作用：我爱绘画，爱朋友和事物，爱一切使我们的生命变得不自然的东西。

　　苦恼不该聚在我们的心头，犹如不该积在沼池一样。

对于像凡·高这样的艺术家，他承受巨大的生命苦恼与挫伤，却把痛苦化为欢歌的力量、明媚的色彩，来抚慰许多苦难的心灵，怪不得左拉要说他是"基督再世"了。

翻译《凡·高传》和《凡·高书简》的余光中，曾说到他译《凡·高传》时生了大病，但是，"在一个元气淋漓的生命里，在那个生命的苦难中，我忘了自己小小的烦忧"，"是借他人之大愁，消自家之小愁"。

我读《凡·高传》和《凡·高书简》时数度掩卷叹息，当凡·高说："我强烈地感到人的情形仿如麦子，若不被播到土里，等待萌芽，便会被磨碎以制成面包！"诚然让我们感到生命有无限的悲情，但在悲情中有一种庄严之感！

玻璃心

在中部的一所中学演讲，有一个学生问了大问题："你认为人最大的危机是什么？"

我不假思索地说："我认为人最大的危机是越来越不像人。"

"为什么？"

"因为人的品质日渐低落，越来越多的人像动物一样，充满了欲望，只追求物质的实现与满足。而人在生活形式上则越来越像机器，由于和机器相处的时间日渐增加，甚至超过人与人相处的时间，人在无形中受到机器影响，人味比从前淡薄了。"我说。

那位中学生听了，又站起来问："那么，你觉得人最大的希望是什么？"

我说："人最大的希望是单纯的心、奉献的心、爱人的心。"

"所谓单纯的心就是不功利、没有杂染的心；奉献的心就是时常渴望为别人做些什么，带给别人利益；爱人的心就是设身处地为别人着想，发自内心地关怀别人。如果有这些心，人就会比较有希望了。"我补充道。

另一位看起来很活泼的女生站起来，俏皮地说："可是杨林有一首歌叫《玻璃心》，说爱人的心，是玻璃做的，很容易破碎的！"

说完后，哄堂大笑，结束了这一次演讲。在往台北的火车上，我回想着这一段对话，我们时常为我们的中学生担心，其实他们对生命仍然有着深刻的沉思，为某些生命的大问题找寻答案，只要这样的态度存在，生命的希望也就存在了。

我倒是觉得自己的答复有一些需要补充的。最近这些年，我感觉越来越多的人有两极化的倾向。一种是生活、行为、动机、人生目标极像动物，就是我们所说的"衣冠禽兽"，他们几乎不管心灵的提升，只求物质的满足，还有一些是不在乎别人死活，杀盗淫妄无所不为。另一种则是极像机器人，全部自动化，终日不与人相处，只与机器相处，在家里一切都是机器化，出门关在汽车里，在办公室则与电话、电脑、传真机为伍，晚上在沙发上看电视、听音响，一直到睡去为止。

这种两极化的倾向是非常令人忧心的，人间的冷漠无情、僵硬无义也就成为一种不可避免的倾向，因为不管是"衣冠禽兽"或"衣冠机器人"的共同特质就是缺乏人间的沟通与情义！时日既久，当然成为人最大的危机了。

要突破禽兽与机器人唯一的方法就是有一颗温暖的心，过单纯的生活，真实地为别人奉献，花更多的时间在人的身上而不是机器身上，其实这也只不过是坚持作为人追求真、善、美、圣的品质罢了。

确实，做一个完整的人比做禽兽复杂得多，与人沟通相爱比和机器相处困难得多，使大部分人"既期待又怕受伤害"，不肯承担人的责任与荣誉。我们可以看到那些倾向动物或机器的人，都是曾受过伤害和害怕受伤害的人。

可是，有一颗容易受伤害的玻璃心，总比没有心要好得多，偶尔听听心灵破碎的声音也比只想贪求世界便宜的人要可爱得多。

有时候极让人痛心的是，人类文明的推动发展，到最后竟使我们在流失人的品质。我们借着电脑、电话、传真机沟通，而懒于互相谈话、拥抱、互爱；我们看一幅画的好坏先看其标价；我们交朋友先衡量互相的价值，以便踩着别人的肩膀向上爬……到最后，许多人竟无视别人的死活，杀人放火、奸淫掳掠，被捕了还在电视上微笑。天啊！动物相互之间都还有哀矜与关爱之情；机器都有无误守信之义，人为什么沦落至此！

人最大的危机就在这里，而人最大的希望就是要大家一起来反制这种危机！用玻璃的心、水晶的心、钻石的心、黄金的心都好，不管是什么心，只要有心就好！

莲子面包与油焖香菇

　　住家附近的一家面包店，自行研制一种莲子面包，把莲子磨成泥状调在吐司面包里，每天下午四点出炉的时候都是大排长龙，大家都等着吃那新鲜的温热的莲子面包。

　　有一天下午我经过面包店，看到那么多人在毫不起眼的小店前排队买面包，感到十分意外，询问排队的人："是排队等着买什么呢？"

　　"买快要出炉的莲子面包呀！"一位中年妇人告诉我，然后她还形容了莲子面包的美味，说新鲜莲子的滋味是多么清香，"又缠又绵"，她每天四点的时候都会来这里买。

　　莲子面包虽然没有广告，显然是极有口碑的。对于一向不信任广告而信任口碑的我，产生了很大的吸引力。我于是加入人龙里，耐心地等候莲子面包出炉。

　　一下子，戴着白帽的面包店老板兼师傅，把铁盘子端出来了。果然，屋里就飘出浓浓的莲子香味——在我的印象中，莲子是没有香味的，不知道为什么和了面包，就让我感觉那不只是面包的香味。我买了半条莲子面包，边散步边迫不及待地把面包拿出来吃，细细地品味面包中莲子的滋味。莲子面包确有非凡之处，细滑含着水分的莲子使我想起从前在嘉义看人收成莲子的情景，白净、浑圆的莲子，有一种倾向于圆满的感觉。

我想到可颂坊的榛子面包，圣玛丽的核桃面包，以及台安医院餐厅里加了麦芽的全麦面包，好吃的可能不只是面包本身，而是面包师傅的创造的心情，以及随着那心情衍生出来的感觉，使我们品味到某一些生活的芬芳。在寂寥的午后，知道某一家小面包店有一位师傅冒汗来完成、实践一种创造的心，这给我们带来了温柔的安慰。

生命，真的不能缺乏游戏；生活，则不能失去创造力。创造力随时都在，而且每个人都具有，只要在形式的、固定的、保守的那一个层面，念头一转，做一点提升与超越，创造力就可能得到实践了。面包师傅在做莲子面包时，正是一种提升和超越呀！

在家附近还有一家素食的自助餐厅，老板娘也是个有创造力的人。她的菜色时常更换，有一次竟然做出了一道极美味的清炒凤梨。里面什么都没加，只是用油把凤梨炒到柔软适口，使酸甜的凤梨有了新生一样。

我问她为什么会想到清炒凤梨的。

她的回答令我大出意料。她说因为台风的缘故，青菜的价钱暴涨，一斤菠菜要八十元，一个高丽菜要一百多元，拿来做自助餐实在成本太高了。突然看到小贩叫卖凤梨，一个大凤梨才十五元，想到："做个炒凤梨应该也不错吧！"当天中午她就做了一道清炒凤梨，没想到反应出奇的好。隔几天，她看人卖苹果，十个一百元，那时萝卜一条四十几元，于是，她做出了一道"清炒凤梨苹果"，滋味比清炒凤梨更好。

她还有一道绝活，就是做油焖香菇，那是在市场上看见小贩卖香菇，那些又小又丑的香菇虽然价钱便宜，还是卖不出去，她灵机一动，就买了一袋回来，泡软、洗净，用油、酱油、小火焖，一直到将干未干之时起锅。那些小香菇的美味，我是无法形容的，在人间里，也只有慧心才能创造出这样的滋味。

可见，有创造力的心灵，不管扮演什么角色，处在什么环境，都可以无遗地展现出来。可惜，由于房屋的租约到期，老板娘已经不做素食餐厅。我每次路过那个房子，就会想起她那超绝的手艺和心灵，觉得她不做自助餐，实在是人间的损失。

创造力是无所不在的，而且愈用愈出，愈用愈清明，就仿如山林中的泉水一样，凡是真实饮用过创造之泉的人，人世的苦难就好像山中溪泉边的乱石，再多的乱石也不能阻挡泉水的奔流与清澈了。

不受人惑

有一位贫苦的人去向天神求救，天神指着眼前的一片麦田，对那个人说："你现在从麦田那边走过来，捡一粒你在田里捡到的最大的麦子，但是，不准回头，如果你捡到了，这整片田地就是你的了。"

那人听了心想："这还不简单！"

于是从田间小路走过，最后他失败了，因为他一路上总是抛弃那较大的麦子。

这是一个古老的故事，象征了人的欲望永不能满足，以及缺乏明确的判断力。如果用这个故事来看流行的观念，我们会发现在历史的道路上，每一时代都有当时代的流行，当人在更换流行的时候，总以为是找到了更大的麦子，其实不然，走到最后就失去土地了。

流行正是如此，是一种"顺流而行"，是无法回头的。当人们走过一个渡口，要再绕回来可能就是三五十年的时间。像现在流行复古风，许多设计都是五十年代，离现在已经四十年了，四十年再回首，青春已经不再。

我并不反对流行，但是我认为人的心里应该自有一片土地，并且不渴求能找到最大的麦子（即使找到最大的麦子又如何？最大的麦子与最小的麦子比起来，只不过差一截毫毛），这样才能欣赏流行，不自外于流行，还有很好的自主性。

流行看起来有极强大的势力，却往往是由少数人所主导的，透过强大的传播，消费主义的诱惑，使人不自觉地跟随。例如前年最流行的香水是"毒药"，去年最流行的香水是"轮回之香"，就是传播与消费互动的结果。今年化妆品公司花2800万元请来伊莎贝拉·罗塞里尼来推销新的香水（请恕我尚未记得它的名字），也是一种流行的引导。在我们引导的时候，很少人会问这样的问题："这香水是我需要的吗？"

"这香水是我喜欢的吗？"

"这香水值这样的价钱吗？"

我常常对流行下定义："流行，就是加一个零。"如果我们在百货公司或名品店看到一双皮鞋或一件衣服，拿起标价牌一看，以为多标了一个零，那无疑的是正在流行的东西。那个多出来的零则是为追流行付出的代价。过了"当季""当年"，新流行来临的时候，商品打三折或五折，那个零就消失了。

因此，我特别崇仰那些以自己为流行的人，像摄影家郎静山，九十年来都穿长袍，没穿过样式的衣服（他今年一百〇一岁，据说十岁开始穿长袍）；像画家梁丹丰，五十年来都穿旗袍（只偶尔为了方便，穿牛仔裤和衬衫）；像《民生报》的发行人王效兰，三十年来都穿旗袍（不管是在盛大的宴会，或球赛现场）。他们不追逐流行，反而成为一种"正字标记"，不论形象和效果都是非常好的——我甚至不敢想象郎静山穿华伦天奴西服，梁丹丰与王效兰穿圣罗兰、卡迪尔套装时，是什么样子。

所以有信心、有本质的人，流行是奈何不了他的，像王建煊的小平头、吴伯雄的秃头、赵耀东的银头，不都是很好看吗？有的少女一年换几十次头型，一下子米粉头、一下子赫本头、一下子朋克头，如果头脑里没有东西，换再多的头型也不会美的。

流行贵在自主，有所选择，有所决断。我们也可以说："有文化就有流行，没有文化就没有流行。"对个人来说是如此，社会也是如此。

我们中国有一个寓言：

有一天，八仙之一的吕洞宾下凡，在路边遇到一个小孩子哭泣不已，他就问小孩子："你为什么哭呢？"

小孩子就说："因为家贫，无力奉养母亲。"

"我变个金块，让你拿回去换钱奉养母亲。"吕洞宾被孩子的孝思感动，随手指着路边的大石头，石头立刻变成金块。当他把金块拿给孩子时，竟被拒绝了。

"为什么连金块你都不要呢？"吕洞宾很诧异。

孩子拉着吕洞宾的手指头说："我要这一只可以点石成金的手指头。"

这个寓言本来是象征人的贪心不足，如果站在流行的立场来看，小孩子的观点是对的，我们宁可要点石成金的手指，不要金块，因为黄金有时而穷（如流行变幻莫测），金手指则可以源源不绝。

什么是流行的金手指呢？就是对文化的素养、对美学的主见、对自我的信心，以及知道生活品位与生命品质并不建立在流行的依附上。

有一阵子，台湾男士有这样的流行：开奔驰汽车，戴劳力士满天星手表，用都彭打火机，喝 XO，穿路易·威登的皮鞋，戴圣罗兰的太阳眼镜，穿皮尔·卡丹的西装，甚至卡文·克莱的内衣裤（现在依然如此流行）。这样人模人样的人，可能当街吐槟榔汁，每开口的第一句是三字经，或是杀人不眨眼的通缉犯。想一想，流行如果没有文化、美学、品位做基础，实在是十分可悲的。

讲流行讲得最好的，没有胜过达摩祖师的。有人问他到震旦（中国）做什么？他说："来寻找一个不受人惑的人。"

一个人如果有点石成金的手指，知道麦田里的麦子都差不多大，那么，再炫奇的流行也迷惑不了他了。

前年奥斯卡金像奖的得奖影片《上班女郎》，里面有句精彩的对白："我每天都穿着内衣在房间里狂舞，但是到现在我还不是麦当娜。"

是的，我们永远不会变成流行的主角，那么，何不回来做自己的主角呢？当一个人捉住流行的尾巴，自以为是流行的主角时，已经成为跑龙套的角色，因为在流行的大河里，人只是河面上一粒浮沤。

新美学主义

"欧洲皇后"选美第一次在欧洲以外的土地举行，却选择了亚洲的中国台湾。这有一个重大的原因，就是现代女性意识抬头了，使得欧洲人普遍对把女人当花瓶的选美活动失去兴趣。但是在中国台湾，选美的感冒症候虽已退烧，还是有很多人热衷于选美，欧洲皇后在台湾诞生也就没有什么惊奇的了。

虽说选"欧洲皇后"，大部分参加的都是十七八九岁的小姑娘，她们多数表示对台北这个城市印象深刻。（交通如此混乱、空气如此污浊、物价如此高昂，谁不印象深刻呢？）特别是台北的物价。主办单位曾安排这一群来自欧洲的小姐去逛百货公司，几乎所有的欧洲小姐看到标价都大喊太贵，即使是来自富裕的法国、瑞士、丹麦、德国的小姐都说："台北的东西贵得不可思议。"东欧几个国家的小姐，就更不必说了。

主办单位为此伤脑筋，听说要特别安排中华商场、西门町、万华等地去购物，以免让她们留下台北物价不合道理的印象。

这个新闻极有参考价值。我虽然住在台北，并未"当局者迷"。和欧洲的小姐一样，我在逛百货公司时，把标价牌拿起来看价钱的那一刻，常常有"是不是贴错了？"的感觉。一件普通平凡的服饰至少都要上千，"并不怎么样"的则要五六千，"看起来还不错"的往往一不小心就是五位数了。有时误以为自己眼花，等清楚数一次是五位数时才叹息地离开。

有的人会说那是因为进口服饰，政府的关税过高，而台北租金昂贵的缘故，我看也不尽然。今年夏天我在泰国一家百货公司买一件强亨利衬衫，合台币二百五十元，在台北的百货公司标价却是一千四百五十元，是完全一模一样的，而我们知道强亨利是远东纺织公司的品牌，为什么在泰国的百货公司价格还不及台北的两折呢？这是一个很大的疑问。

相对于百货公司的，例如我们的产销制度也极不合理，有时候一个高丽菜一百多元，有时一个才十元，消费者简直是逆来顺受。

为了对抗过于昂贵的物价，我觉得现代的台北人应该培养一种"新美学主义"，使我们不至于被高物价淹没，并取得消费的优势。

新美学主义简单地说，是保持一种有风格的、独立的、自然的、纯朴的态度，虽追求精致、追求美感，却不屈从于不合理的价格与消费。

新美学主义者可以归纳出几个信念：

一、具有时代感，能欣赏流行，但不追随流行。

二、具有高品位，相信品位是不可被价格限定的。

三、具有惜福观，选择可长久使用的好物品，不盲目消费。

四、具有创造性，能化腐朽为神奇，使低廉的物品有价值感。

五、具有风格论，相信风格可以自己塑造，不以昂贵事物添加自己的风格。

六、具有独立感，深知自我无可取代，不随波逐流。

七……

新美学的信念可以无限列举，并因应个人的不同需要而调整，但最重要的是，不使价值和价格混合，不做不合理消费的牺牲者，特别是像购买衣饰的事，大部分的衣饰都不是充分且必要的，能省则省、能忍则忍，如果人人对于高标价都采取对抗的态度，相信不合理的消费也就得到改善了。

一旦新美学的信念得到确立，那么逛百货公司就会有一种愉悦的心情，能欣赏而不迷乱，拿起一件衬衫来看，哇！价钱是一万两千元，立刻放回去，心想："这是卖给傻瓜，或那些有钱而缺乏品味的暴发户的，我又不是傻瓜，也不是暴发户。"然后脚步轻移，笃定地向前走去。

一个新美学主义者充满信心，因为他追求真实有风格的美，他喜欢合理的生活对待，他知道物质之外有美感的真价值，那么还有什么可以奈何他呢？

何不大家一起来做新美学主义者？

竖琴和法国号

我喜欢竖琴和法国号的音乐，说来奇特，是先爱上它的样子。

二十几年前的乡下没有什么音乐环境，乡下人知道的音乐大概不离歌仔戏、南北管，或者是一些国语、闽南语的老歌，最前进的人也只知道钢琴和小提琴。

我也蛮喜欢钢琴和小提琴音乐，却不喜欢演奏时的样子。拉小提琴的人总是歪着脖子，感觉上不是很轻松自由；弹钢琴的人则是面前一具粗大笨重的大木箱，线条与造型不是很有美感的。

读小学的时候，去看了一场电影，看到一个身穿白袍的少女弹竖琴，琴旁置满了纯白的马蹄莲，那个画面令我为之着迷，那时候也没有听清楚竖琴的声音，但仿佛觉得"演奏音乐就应该像那个样子"，轻柔、舒坦，有一种灵性之美。以后，每看到有竖琴的唱片，就存钱买一张来听，才发现竖琴的声音单纯素朴，好像春天时开放的野百合花，颜色、形状高雅，香气轻淡芬芳。

后来又发现，凡是演奏竖琴的少女都有一种特别的气质，美，以及不凡，给人一种"人琴合一"的觉受。

喜欢法国号则是一个特别的机缘。我读初一时，有一个堂哥在高中的乐队，是吹奏小喇叭的。他每天在阳台上练习，常吹得脸红脖子粗、青筋暴露。当他吹小喇叭时，家里的人总是落荒而逃，只有我每天做忠实的听众，看一个乡下青年借小喇叭吹出他的叛逆心声。

有一天，堂哥不知从何处买来一把法国号，那卷曲的圆形有一点像园子里的蜗牛。堂哥把法国号倒盖在桌上，每天拿出来一再擦拭，感觉就像是虔诚地供养着某种圣物。他拿起法国号时，眼中充溢的光芒与神采，至今回想起来都令我动容。

堂哥仍然在阳台上吹奏小喇叭，吹完了，他就练习法国号。法国号的声音比小喇叭温柔多了，有着一种和平浪漫的气质，像是草原中呼呼抚过的风声，或是山谷中突然升起的一朵白云，真是美极了。

我听的法国号唱片都是堂哥买的，有时在静夜里，我们一起听法国号，心情都会为之迷荡，然后相对地谈论着日后要一起到台北去闯一番天下，赚到钱则买很多很多最好的唱片来听。

堂哥后来并没有到台北来，而是留在乡下做消防队员。有一次我回到乡下，看到他的法国号还在，但他说："已经很久很久没有吹过了。"我看那支仍擦得晶亮，被保存完好的法国号挂在壁上，知道堂哥的梦想已经被现实生活所深埋了。

竖琴，可以说充满了女性的妩媚；法国号，则象征了男人的温柔。都是我心中最美丽的乐器，而由乐器的形状竟爱上了那特别的音乐，想起来，人生的因缘真是不可思议，形状与本质之间也有着超越思维的关联呀!

对于音乐我向来都有着一种神秘的、关于创造力的向往,几乎是可以全盘接受的,像意大利的歌剧、希腊的四弦琴、印度的西塔琴、中国的二胡、欧洲的排箫,乃至乡下的唱大戏、非洲的鼓乐都有令人动容之处。摇滚乐、流行歌、乡村歌谣、黑人灵歌也是这样的。

但是说来说去,最喜欢的还是竖琴与法国号,每次在生命的欢喜与悲情中,在悲欣交集之际,听起来,就感觉到应该珍惜人生,因为在生活中我们可以整个感觉、整个心情都融入音乐,实在是一种幸福,而那样幸福的时刻并不太多呀!

巴黎也有三重埔

有几位小学的同学从远地来看我，有的十几年未见，还有的更久，有二十几年没见了，谈起童年的欢乐时光，竟从黄昏谈到第二天的清晨。

我们谈到小学时代的流行，大约在二十几年前，尼龙布料刚刚传到乡下的时候，大家都喜欢穿尼龙的透明布料。在男人中最流行的是，穿一件透明的尼龙衬衫，在口袋里装几张崭新的十元钞票衬底，外面再放一包新乐园的香烟。如果是冬天，则在尼龙衬衫外面罩一件"特多龙"或"太子龙"的西装上衣，衬衫领子翻到上面来，然后把头发涂一层厚厚的、可以粘死苍蝇的发蜡。

这样已经够时髦了，如果在西装上衣放一条红手帕，穿着夹着脚拇指与中指的日本木屐，口嚼槟榔，那就更时髦了。

那时候的女人则流行"玻璃丝袜""金牙"与"明星花露水"。玻璃丝袜也是透明的尼龙制品，但太太小姐都很宝爱，即使是种田的妇女也会俭肠聂肚地买来穿，破了舍不得丢弃，还拿去修补，一时之间，小镇竟然有七八家"专修玻璃丝袜"的小摊子，与槟榔摊一样多，蔚为奇观。

流行金牙的时候，稍有"财力"的妇女都去把虎牙拔掉，镶上纯金的牙齿，一开口金光闪闪，以为是人间至美，甚至有特别有钱的女人，整排牙都换成黄金的。即使没有钱镶金牙，或舍不得拔牙的人，牙齿也总有几颗滚了金边。

明星花露水大约是二三十年前乡间唯一的香水品牌，女人都很喜欢，可惜涂的机会不多，只有到农会、电影院，或去参加庙会、看野台戏时有机会，常常到处都是明星花露水味，让人喘不过气来。

二三十年前的流行，想起来令人莞尔。当时还有一件印象至深的流行，就是味素刚流行的时候，在乡下的名字叫"鸡粉"。许多外务人员到乡下推广味素，口号是"清水变鸡汤"，使得家家户户都用味素。送礼的时候，最好的礼就是送一包八两装的味素。面摊上加味素加得越重的，大家就认为越好吃。

谈到从前乡下的流行，使我们都感到趣味盎然，但不管是尼龙衬衫、玻璃丝袜、金牙、味素都是很不健康的，现在再也没有人喜欢那样的流行了。时间是流行最好的催化剂，使流行加紧脚步来叩我们的门窗，时间也是流行最好的退烧药，因为有新的流行要来了。我们看：流行感冒、流行肝炎、流行登革热，不也是很流行吗？这几年甚至还流行艾滋病咧！

可见，流行不全是好的，有时流行只是反衬出人们的无知与病态，因为流行有些是掌握在少数人的手里，他们说今年流行砖红色，市场上就全是砖红色了。流行还有的对巴黎、米兰、纽约、东京等等潮流有一种盲目的崇仰，然而来自大都市的不见得最好。我的一个朋友常挂在嘴边的口头禅是："巴黎也有三重埔，纽约也有艋舺呀！"流行也有时地的区隔，例如台湾从来没有冷到要穿貂皮大衣，拥有貂皮大衣的人只显得更土、更无知罢了。

因此，一个人在流行中有一个重要的观念叫作"觉"，也就是自觉的态度，是适可而止的心情，是不被流行魅惑的自在。特别是一个人到了中年以后，身材与年龄都不适合再跟随流行了，应该有更多的时间想到自己的风格、自己的人生，进而生出一种泰然的态度，是欣赏流行、随喜流行，但不再跟随流行了。

一个人能在人生的价值中自在，能创建自己的风格，那并不表示是远离了流行，而是心中常在流行，自己践履一些对流行的定义，那是何等快慰的事！

当巴黎或纽约的高挑健美的模特儿在"西子捧心"的时候，我们何必"东施效颦"呢？何况，巴黎也有三重埔，纽约也有艋舺呀！

最好的幻梦

收音机里正在访问一位外国来的音乐家，主持人不免问起一个常听到的问题："请问你对台北的印象怎么样？"

音乐家干笑了几声，突然沉默了（可能正在思考如何回答这么难的问题），足足有二十秒的时间，他才开口说话，他说："计程车——"又沉默，主持人催他："计程车怎么了？是不是太乱了？"

"不，我觉得台北的计程车司机是全世界技术最棒的司机，每一次觉得这次完蛋了，他总是安全地开过去，每次觉得到不了，他总会把人送到。"

音乐家和主持人都笑得很开心，"然后，是建筑——"

"建筑怎么了？是不是很丑？"

"丑是不会，只是高低太悬殊，外观太单一化，好像台北并没有设计师或艺术家，只是让工人自己盖起来，否则怎么会每一间都差不多呢？"音乐家说。

后来又谈到交通混乱，空气污染，物价昂贵，股票投资，治安败坏，音乐家都有颇独到的见解，他的结论是："其实，台北的这些缺点，世界上任何大城市都有，台北的人用不着太自卑，太介意，像我住过的纽约、芝加哥，情况都比台北严重得多呀！"

　　我正在纳闷，这音乐家怎么能一到台北就说出这么深刻的话，主持人就问他："来过台北几次了？"

　　"七次，这是第八次了。"

　　难怪！

　　"很少有外国人像你到台北这么多次，一定是对台北情有独钟，请问，台北最让你欣赏的是什么？"主持人说。

　　这一次，外国音乐家毫不犹豫地说："是活力！这种活力是，不管什么时候，站在台北街头，就会觉得这是一个正在生长的城市，让人的细胞都活起来。"

　　说得真是太好了，可惜匆匆间没有听清楚音乐家的名字，只觉得这一段话应该写下来。

　　我们住在台北的人，有许多人充满牢骚与不满，每天不是骂交通不好，就是骂空气品质不佳，不是批评台北没有文化，就是不满物价的昂贵。我也时常遇见这样的朋友，我就会劝他们说："那你搬到乡下去，空气又好，交通顺畅，停车没有问题，物价也很低廉呀！"如果我们不愿搬到乡下去，表示台北还是有吸引人的地方，台北是很可爱的。

　　一个人会居住在城市里，那是由于因缘，这因缘不管是好是坏，既然已在城市落户，就要正视城市的现实，去发现城市的美，甚至去品味一个城市。否则，烦恼、不满、发牢骚，只是更增加自己的困境罢了。

认识现实，以既有的现实来建立新的美好的观点，这样的人才能深入生活三昧，不管在什么地方都保持爱与活力。恐怕这也是在世纪末最好的生活态度，是从梦幻回到现实，却不失去浪漫的心，是看见生活中的丑陋，也不动摇使自己生命美好的信念。

闻名世界的香水品牌"丽丝·克蕾波"，一九九一年推出的香水名字叫作"现实"，它的广告词是："现实，是最好的一种幻梦！"

一个新少年偶像林强，用闽南话唱《向前走》，有一句歌词是："我要去台北打拼，听说什么好机会都在那里……"唱出了台湾南部乡下孩子的梦想。

台北是很多人无可奈何的现实，台北也是很多人想望的梦幻，只看是用什么心情。二十年前我也是充满梦幻来到台北的乡下孩子，我时常提醒自己：不要忘记少年时代的心。

保有那样一点浪漫的心情吧！在台北国父纪念馆看完一场俄国芭蕾，散步到可颂坊买一个榛子面包，喝一杯卡布奇诺，搭232公车回家，路过市场时买一斤二十五元的黑珍珠莲雾，街边卖盗版录音带的摊子播放着一首很老很抒情的歌《钻石心》（Some hearts are diamond）。

感觉就像二十年前初来台北，在路边买一串香蕉，惊奇地发现台北的香蕉和故乡的一样好吃！是的，现实正是最好的幻梦。

卷二　曼陀罗

柔软的耕耘

童年时代，家里务农，种了许多作物，不管是要种什么，父亲带我们做的第一件事情就是翻松土地。

如果是种稻子或甘蔗，就用牛犁，一行一行地把土地翻过来，再翻过去，最少要把两尺深的硬土整个松过一遍。父亲的说法是："土地是有地力的，种过的土地表层已经耗去地力，所以要把有地力的沙土，从深的地方翻出来。而且，僵硬的土地是什么作物也不能种植的，柔软的土地才是有用的土地。"

如果是尚未种过的土地，就要用锄头松土，因为怕牛犁损坏了。先要把地上的杂草拔除，然后一锄一锄地掘下去，掘起来的土中夹着石头，要把石头拾到挑篮里。这些石头被挑到田畔去做水圳，以利灌溉和排水，并保护土地。

第一次耕种的土地要掘到四尺深，工作是非常繁剧的。

"为什么要掘这么深？"有一次我问父亲。

他说："不管是种什么作物，根是最要紧的，根长得深，长得牢固，作物的生长就没有问题。要根长得深和牢固，就要把石头和野草的根彻底地除去，要使土地松软。土地若是不松软，以后撒再多肥料也没有用呀！"

童年松土的记忆深埋在我的心里，知道强根固本的重要，但若没有柔软的土地，强根固本也就成为妄谈。人也是和土地一样，要先把心地松软了，一切菩提、智慧、慈悲，以及好的良善的品性，才有可能长得好。即使是年年长好作物的农田，也要每年搓草、松土，才能种新的作物。

因此，一切正面的品德，最基础和根本的就是有一颗柔软的心。

柔软心在佛教的经典里常被提到，例如把十地菩萨的第五地称为"柔软地"。如来常教我们要有柔软的心、柔软的行为、柔软的语言；要柔顺、柔法、柔和忍辱、柔和质直。

例如在《法华经》里，佛就说柔和忍辱是如来的心，如果一个人有柔和忍辱的心，就可以防止一切嗔怒的毒害，如衣服可以防止寒热一样。佛说："如来衣者，柔和忍辱心是。""诸有修功德，柔和质直者，则皆见我身，在此而说法。"

例如在《大集经》里，佛说："于众生中常柔软语故，得梵音相。"因而把如来温和柔软的声音，称为清净殊妙之相。

什么是柔软心呢？就是不执着、不染杂、不僵化、能出淤泥而不染的心。是指慧心柔软的人，能随顺真理，既能随顺人的本性不相违逆，又能与实相之理不相乖违。所以在《十住毗婆沙论》里说："柔软心者，谓广略止观相顺修行，成不二心也。譬如以水取影，清净相资而成就也。"那么，柔软心也可以说是不二的心，不分别的心，清净的心。

有柔软心的人才能真正地生起道德，也才能以这种柔软使别人生起道德。贤首菩萨曾说："柔和质直摄生德。"意思是慈悲平等，质直无伪的人，才能摄化众生进入正法。

我们都知道，佛教里以清净的莲花，作为法的象征。莲花的十德里第五德就是："柔软不涩，菩萨修慈善之行，然于诸法亦无所滞碍，故体常清净，柔软细妙而不粗涩，譬如莲花体性柔软润泽。"（《除盖障菩萨所问经》）所以，莲花也叫作"柔软花"。

据说在天界最鲜白柔软的花曼殊沙华，也叫作"柔软花"。不知道莲花与曼殊沙华是不是相同，但是把人间天上最美的花都叫作"柔软花"，可以见到其中深切的寓意。在西方净土诞生的人不也是在莲花上化生吗？可见，柔软，是独步于天上、人间、净土的。一个真正柔软心的人，在任何地方都是出入自在。传说地藏菩萨在地狱行走的时候，焚烧人的烈焰，一时之间都化成柔软美丽的红莲花来承接他的双足呀！

有柔软地才会耕耘出柔软心，不是来自印度的观念，中国本来就有。

传说老子的老师常枞要死的时候，老子去问法，请老师说出最后的教化。

常枞缓缓张开嘴巴，叫老子往嘴巴里看，问老子说："你看见什么？"

老子说："我只看见舌头。"

常枞说："牙齿还安在吗？"

老子说："牙齿都没有了。"

常枞说："这就是我给你上的最后一课。"

老子又问："而今而后，我要向谁请教？"

常枞说："你要以水为师，你可看河床的石头虽然坚硬无比，不久就被水穿成孔、流成槽了。"

说完，常枞就仙逝了。

这是中国古代讲柔软心的动人故事。常枞"以水为师"的教化可以和佛圆寂时说的"以戒为师"相互比美。以水的柔软为师，能知道天下最坚强的就是柔软；以戒的清净为师，能知道天下最有力量的是清净。

老子以水为师，说出了千古的真意：

守柔曰强。

弱之胜强，柔之胜刚。

天下莫柔弱于水，而攻坚强者莫之能胜。

江海所以能为百谷王者，以其善下之。

老子是通达柔软心的真实开悟者。

柔软的水才能千回百转，或成平湖，或成瀑布，或成湍流，天下没有可以阻挡的；柔软的土地才能生机绵延，或在平原，或在奇峰，或在污泥，都能展现生命的活力；柔软的心才能超越人生世相，或处痛苦，或陷逆境，或逢艰危，都能有着宽容、感恩、谦卑、无畏的心情。

故知柔软心是觉悟、是菩提、是般若波罗蜜多，是成就一切法门的根本心，也是一切法门成就的境界。

当我们说到修行，修行就是不断地松土、除草、捡石头，使土地维持在最好的状况吧！土地如果在最好的状况，随便撒一把种子，生机就会有无限的绵延。

童年松土的时候，时常会踩到石头跌伤，锄伤自己的脚踝，被虫蚁咬肿，甚至偶遇西北雨，回家就感冒了。但只要知道那是使土地柔软所必须付出的代价，就能安于刺痛、锄伤，与感冒。

每年，在土地完全翻松的时候，我站在田岸上，看着老牛吃草，白鹭鸶在土地上嬉戏，就仿佛已看见黄金色的稻子在晨风中点头微笑，看见了油菜花嫩黄的颜彩上有彩蝶翩翩，看见了和风吹抚在翠绿的芋叶上，夕照前的晚霞横过天际……

在土地翻松那一刻，我们已看见收成的景致呀！一个人有了柔软心也如是，仿佛闻到了《法华经》说的"花果同时"的芬芳！

蓝天的背景

佛经里说到菩萨与阿罗汉的不同，说："菩萨留惑润生"。

这"留惑润生"很容易译成白话，就是"留迷惑在人间以润泽众生"，却不太容易了解。因为，如果说"惑"就是一般的迷惑或疑惑，那可能曲解了菩萨的原意。由于菩萨是"觉有情"，所以这"惑"不是一般众生的惑，而应该是"有情"。

我把"留惑润生"解为"留下一丝有情在人间，润泽众生"。

"惑"是"有情"，然而不是许多的、纠缠的有情，而是"一丝"，一丝是清清楚楚、明明白白，就仿佛是蚕茧上拉出来那种纯白无染的丝线，坚韧、悠长，却不纠缠。一个蚕茧表面上看起来是密实复杂的，拉开来，只有一条线，菩萨的有情也是如此，整个复杂的因缘只是吐丝在人间时预留的丝线呀！

菩萨的惑因此与众生的惑大有不同，在本质上虽同为有情的生起，在清浊之间，则因随愿或随业的相异而不能混同。

果煜法师有一次讲到其中的不同，以天空与彩霞来做譬喻，说得好极了。他说："如果山头上乌云密布，则一定没什么好彩头，反之，天上万里晴空，也未必有什么好看头。最好的是，山顶上恰有几片稀稀疏疏的白云，此云既不能太浓，也不能太大，浓得发黑，大得压岭，都是不行的。"

他说，烦恼如果不是很多，只是稀稀疏疏，又离心头不是太近太远，就像云在山头不近不远处，"则在智慧的觉照中，反而会有一份清朗分明的觉受，而从地上的众生看来，也会觉得其更光彩耀目，更亲切宜人。"

"当然要成就一位菩萨，虽未必晴空万里，但至少要有日月的光明，要有相当开阔的天空，否则云雾密布，又冷又黑，不只是自己吃不完兜着走，也要叫人寒毛矗立，倒尽胃口了。"

果煜师父把"惑"说成是"烦恼"，也是十分贴切的，因为留了一丝有情也等于是留了一丝烦恼，那丝有情或烦恼仍然是天空中横过的晚霞和彩虹，不是为了与天空争美，而是为了点燃蓝天，反衬出蓝天之静好。

惑与烦恼同意，这是众生之意，惑是为菩提预留的彩虹，则是菩萨的心情。因此智者大师曾说："故知虽具惑染，愿力持心亦得居也。"菩萨是以愿力持心的人，因而能够安住于惑染，为什么要住于惑染，则是要"使惑趣之徒，望玄指而一变"（《中观论序》）。

没有变化的晴空万里，虽是无染的好景，但有多少众生能欣赏呢？菩萨于是重入轮回，说："让我化一道彩虹或一片晚霞吧！免得大家觉得单调乏味。"有时候他说："让我化成一片乌云或一道闪电吧！让大家知道清朗的日子原是如此可贵。"甚至有时候他化成一些雨水，他流泪与忧伤，是为了润泽大地。

在《华严经随疏演义钞》里曾说到菩萨的五种解脱：一生死不能缚；二境相不能缚；三现惑不能缚；四有不能缚；五惑不能缚。故菩萨虽然留惑，留下一丝有情、几片烦恼，却能不受束缚，那是由于"菩萨了达迷妄即真如，烦恼即菩提，故无著无不著"。

惑的不能束缚，有如蚕吐丝不是为了捆绑自己，而是为了化蛹成蛾，为了一次完美的羽化。那么我们观察一位菩萨，不是从"留惑"的角度来看，而是看他的"润生"。润生不只是利益众生，也是在自润，因为在菩萨的心眼里，我和众生是没有差别的。

润生在《华严经普贤行愿品疏钞》中有一段讲得极好：

> 诸佛如来以大悲心而为体故，因于众生而起大悲，因于大悲生菩提心，因菩提心正等正觉。譬如旷野沙碛之中有大树王，若根得水，枝叶华果悉皆繁茂。生死旷野菩提树王亦复如是，一切众生而为树根，诸佛菩萨而为华果，以大悲水饶益众生，则能成就诸佛菩萨智慧华果。

润泽众生最好的是大悲水，菩萨留下的有情乃成为大悲的因。所以，菩萨的"惑"是为大悲而留的，它不是迷情，而是自觉悟里流露的一种大爱。证严师父在《菩萨心如清凉月》里说：

> 爱，是人生最幸福的，这种爱，不是迷情，是觉

悟的爱。慈悲就是一种无彩色的爱，这份无彩色的爱，像一湖清水，清澈见底。这种爱是绝无附带条件的爱、无污染的爱，是透彻的，也叫清水之爱。要爱得像清水、像镜子一样，一旦景象离开，立即恢复澄清，不再留存任何色彩。要如此，我们才能爱普天下的众生。

以无彩色的爱为基础，菩萨的心就能如同清凉的月色。证严师父说："菩萨的心就像月亮的光明，我们平常就要培养这份像月亮一样的心——不管多污秽的地方，多恶劣的环境，还是要把她的光明遍照，绝不会只照在风景幽美的地方，或是华丽的殿堂上。人，不论美、丑，在月光下，都会增加几分姿色，因为月光是这么柔和，就像菩萨心一样。"

像清凉的月，像璀璨的彩虹、像温暖的阳光、像从很远的不可知的山林吹来的和风，甚至像暗夜里飘过的动人的乐章……不管是什么，菩萨的行止是那样的美，那样的芬芳，但是学习菩萨行的人不能忘了倾听心海的消息，不能忘记，在天空里虽有各种美的点缀，背后有一个湛蓝的、无染的、广大无边的蓝天的背景。

当我读到《如来不思议秘密大乘经》里菩萨润生的四种法门，就好像看见那广大蓝天的背景了：

一智门：菩萨以大智慧善知一切众生之根性，而随顺调伏，令其解脱。

二慧门：菩萨以大妙慧为众生分别宣说深法妙义，令其开发慧性，以了知万法本来空寂。

三陀罗尼门：菩萨以总持之法，随顺众生而开导正信，令其灭诸恶行而行一切善法。

四无碍解门：菩萨以无碍智解为众生宣说无尽甚深法义，令其获无碍解。

是呀！当我们为菩萨的彩虹目眩，为菩萨的云霞神摇的时候，不能忘却窗外有蓝天。那蓝天，才是菩萨留惑润生真正的背景！

向前的姿势

　　一九九〇年十二月五日我应邀到慈济护专演讲，非常幸运的，遇见了从小就非常景仰的谢冰莹女士。未见面时，从报纸杂志看到她已经八十六岁，心里也就预估了一个八十六岁老太太的形貌。

　　等到见面时，我感到十分吃惊，因为她远比想象中年轻得多。当证严师父介绍我们认识时，她走过来紧紧握着我的手，手非常温热，并且有力量。

　　我们走到护专的楼梯口，要到四楼的会客室，众人都趋前要去扶她。她摇手大叫："你们不要扶我。扶我，我就不会走路了。"然后她轻巧地（几乎是迅捷地）一步一步走到四楼去。

　　那时，我站在楼梯口感动得说不出话来，她一点都不像是八十六岁的人哪！我心里想："我八十六岁的时候，不知道可不可以像谢教授一样？"

　　我们坐在会客室聊天时，我才知道她的腿在六十七岁时曾跌断过，经过两次危险艰难的手术才复原。许多人问起她年轻时的旧事，她幽默风趣、妙语如珠，好像是天真的赤子一般。

后来，她在周会上对学生讲话，结语时她恳切地说："如果将来有机会，我愿意和各位坐在一起来学习，因为在这么好的环境中学习，实在是各位最大的福气呀！"听到的人无不动容。

中午一起吃饭的时候，我看她食量很好，一个人吃了半盘豆腐。她对我说："我还有很多书要读，还要写一些文章！"我本来就是容易感动的人，看到八十六岁的谢冰莹教授，对生命与生活还如此有兴味，浑身充满了人格、意志、风范的力量，使我感动得都说不出话来。

谢教授离开花莲以后，下午我走在慈济纪念堂未完成的广大的工地上，想起不久前也有一个令我感动的画面。世界级的美国舞蹈大师玛莎·葛兰姆率领舞团到台湾来表演，她今年九十六岁。

九十六岁还坐飞机从美国来？不怕……

对呀！九十六岁不但坐飞机从美国来，亲自召开记者会，以幽默风趣的语调回答记者的问题。每一场演出后，她必定亲自出来谢幕。演出的舞码里，有今年才编出来的新作。玛莎·葛兰姆几乎可以不发一语，以她的灵敏、体力、风范就证明她是当代最伟大的现代舞大师。

演出的第一天，台湾的摄影大师郎静山到后台去向她祝贺。郎大师今年一百岁，还是穿着那一袭灰蓝色的长袍，头发每一根都像少年一样的竖起来。他不久前才在历史博物馆开过百岁回顾展，有一些作品是九十五岁以后才拍的。

郎静山步履轻盈地走过去，玛莎·葛兰姆礼貌地站起来迎接，那一刻，在场的每一个人几乎全部立正来向他们致敬了，两个人加起来一百九十六岁，人间难得呀！更难得的是，玛莎·葛兰姆还在编舞，郎静山还在摄影，都维持着像青年一样活泼的创造心灵，保有一种向前的姿势，这实在是他们作为一代典范最令人尊崇的地方。

这三位伟大的创作者有一个不为人知的共同的地方。郎静山和谢冰莹都是虔诚的佛教徒，他们一直到今天，见到所有的出家人还以弟子自居。玛莎·葛兰姆则是虔诚的基督徒，她的许多作品犹如是宗教的诵歌，有记者问她说闻名世界的葛兰姆舞团有没有决定接班人的问题，她幽默地说："这样的问题应该留给上帝去伤脑筋！"

郎静山在九十五岁的时候出去拍照，车子从山崖上滚落到山谷，同车的人死了三个，只有他和另一位年轻的小姐被摔到车子外，郎老先生坐在山坡的草地上，毫发无伤。事后有人问他感想，他说："是菩萨保佑呀！"

这几位大师级的人物，每一天都还活力充沛地过日子，到一百岁还是努力实践生命的意义，给我们非常深刻的启示。人生虽然是无常的，但只要每一天发挥最大的价值，无常也不可畏了。

我想到百丈禅师那"一日不作，一日不食"的真切教化，到九十岁的时候，弟子看他下田辛苦，把他的锄头收藏起来，他竟然绝食，那是为了实践他自己的教化，弟子最后只好把锄头还给他，百丈禅师耕作到人生的最后一天。

日本禅宗祖师道元，有一次在庭院中，看到一位八十几岁的典座冒着大太阳在晒香菇，流了满头大汗。道元说："这么大的太阳，您为什么不休息一下呢？"他回答说："日正当中才是晒香菇最好的时间！"使道元得到非常大的感悟。

民国初年的高僧虚云老和尚，到一百一十六岁还在为佛教奔走，兴建道场！到一百二十岁时正好建了一百二十个道场。

证严师父有一次说到一位九十几岁的老太太把毕生积蓄的"手尾钱"捐给慈济盖医院，然后在九十六岁时往生。她的孙子说："我的祖母从那个时候开始，就每天都很欢喜地过日子，她认为建医院她参与到了，所以她很有信心地说她得救了，因为她曾亲手布施。几年来，她天天都过着安详的日子，往生时脸上带着安详的笑容。"

在我们这个无常的人间，其实到处都充满了人格的典范，那就是："一直到死前的最后一瞬，还保持着向前的姿势。"我觉得，这是迈向净土的最优美的姿势，也是体贴佛陀本怀最有力的姿势。

看多了这世界的许多人，年纪轻轻就垂头丧气，虚掷青春与生命，再回头看这些像华严狮子一步一个脚印，富有活力与创造力的人瑞，不禁兴起"虽不能至，而心向往之"的感慨！

我们做一个佛的弟子，做一个向往菩萨道的人，不管今年几岁，让我们共同携手，一起来保持一个向前的姿势。

因为"日日是好日"，所以向前走是最好的姿势！

因为向前走也是最美的姿势，所以"日日是好日"！

孩子，是我的禅师

　　带着孩子在公园里玩遥控车，突然看到一排小小的黑线在流动着，孩子眼尖，赶快跑过去说："爸爸，你看，一群蚂蚁在搬东西哩！"

　　我们把遥控车丢了，跑过去看蚂蚁搬东西，这时发现在蚂蚁的长列里有两只死去的动物，一只是蟑螂，一只是蝴蝶。那蟑螂是新死不久，尸体还很完整，蝴蝶似乎死去较久了，双翼零落，有一边完全凋尽，另一边破一个大洞，但显然在生前是一只很美的蝴蝶，从黑翅黄点看来，是一只凤蝶。

　　"好可惜喔！这么美丽的蝴蝶死了。"孩子说。

　　"你为什么只可惜蝴蝶，不可惜前面的这只蟑螂呢？"我指着前面的蟑螂说。

　　孩子对我的话显然感到惊异，露出迷惑的眼神看我，说："蟑螂好丑喔，又脏，满地乱爬，死了有什么可惜？"

　　我没有回答他，反而问他："如果有一个小孩，长得很丑，好脏，满地乱爬，他死了，他的爸爸妈妈会不会伤心？"

"当然会了！"孩子理直气壮地说。

"那么一只小蟑螂死了，它的爸爸妈妈也一样很伤心的，因为它在爸爸妈妈眼中是最美的。"我说。

我们蹲在地上看蚂蚁吃力地搬动食物，继续就蝴蝶和蟑螂事件交谈，我说："蝴蝶和蟑螂都是昆虫，它们都会飞、都有翅膀，饿了都要吃，我们为什么都喜欢蝴蝶胜过蟑螂呢？"

孩子说："那是因为蝴蝶的颜色很美，又是吃蜜，又都在花上飞。蟑螂小小黑黑的，整天在垃圾堆跑来跑去，看了好恶心。"

"其实，蝴蝶和蟑螂都只是为了活下去，它们并没有美丑的观念，也没有害虫或益虫的分别心，看到蟑螂就讨厌，看到蝴蝶就喜欢，这是我们人的问题，和它们没有什么关系。如果有一国的人，他们国家里到处都是蝴蝶，没有蟑螂，哪一天突然飞来一只蟑螂，他们一定很喜欢那只蟑螂，因为稀少嘛！就像你们现在都爱恐龙，是恐龙绝迹的关系，如果到处都是恐龙，不吓死才怪！"我说。

孩子很专心地听着，颇表示同意，但是听完后，他仍然下结论："不过，爸爸，我还是喜欢蝴蝶呢！"

我说："那么，你喜不喜欢毛毛虫？"

孩子说："哎呀！恶心！我最不喜欢毛毛虫了。"

"对了，你看到毛毛虫的感觉和蟑螂一样讨厌，可是你不能只喜欢蝴蝶，不喜欢毛毛虫，因为蝴蝶是毛毛虫变的，蝴蝶也是毛毛虫的爸爸妈妈。"

孩子点点头，表示同意，虽然在感觉上他还是喜欢蝴蝶胜过蟑螂（我何尝不是如此？），但在理上，他知道了好恶是来自人的区别心。

我们看蚂蚁搬食物看了半天，孩子站起来说要继续玩遥控车，我说："我们换个地方玩吧！万一压到蚂蚁怎么办？"

"不会的，我会很小心。"

"很小心也不行，太危险了。"我说，并且当场编了一个蚂蚁的故事："从前有一个小孩，很有慈悲心，有一天尿急跑到院子尿尿。他小鸟拉出来的时候，才发现一群蚂蚁搬东西回家。他立刻憋住尿，跑到另一边去尿尿，因为他想到他的一泡尿虽小，对蚂蚁就是一场大水灾了呀！你的遥控车对蚂蚁来说，是一部战车呢！"

孩子听了哈哈大笑，提起遥控车走到更远的地方去。

在孩子玩遥控车的时候，我坐在公园草地上思考刚刚的事情，想到蝴蝶与蟑螂使我想到"红颜薄命"这个成语。其实，红颜薄命的虽多，一定没有丑女来得多。只是一般人心怜红颜，只要她们踢到一块石头也会心疼而大叹薄命，这就好像我们看到蝴蝶翅翼破洞，可能怜悯之情还大过一只蟑螂被踩碎粘在地上！

想到蚂蚁，我想到丰子恺在《护生画集》里画过一幅"蚂蚁救护"的画，是说他看到阶下两只蚂蚁拉扯，拿放大镜一看，原来是一只蚂蚁在救另一个负伤的同伴，结果过了三天，丰子恺还常常想到："那只负伤的蚂蚁不知复原起床了没有？"他为此写过一首诗，写得很好，可是我记不完全，回家得查查资料才行。

黄昏了，我带小孩子回家，在马路边的野草中看到一些盛开的紫茉莉（煮饭花），结了许多种子。孩子提议说："爸爸，我们采一些种子，回去种在阿公的花园里！"我说："好呀！"两人蹲下来比赛采紫茉莉的种子。

我很高兴暑假的时候可以带孩子回旗山老家，那是为了让我们有更多时间陪伴我的母亲，另外，让我在城市里长大的孩子，有机会体验到乡间生活，就像此刻在路边采野花的种子，是城市里绝不会有的。

回到家，我们跑到"阿公的花园"，那是我父亲生前种花的地方，他去世后由我大哥整理，还有许多空的花盆，我们常把乡下采的花种拿去种。我的孩子对"阿公"的印象模糊，但对"阿公是个勤快的农夫"印象却很深刻，因为阿公的田地、花园、水果园都还在呢！有一次我带他去看"阿公的香蕉园"，教他分辨椰子和槟榔。我说："胖胖的是椰子，瘦瘦的是槟榔！"沿路上他竟吟诗一样地唱着歌："胖子是椰子，瘦子是槟榔，椰子吃了退火，槟榔吃了吐血！"回来的路上他一路唱诗，有一首我的印象最深，他唱：

树是鸟的家，

花是蝴蝶的家，

马路是车子的家，

天空是白云的家，

土地是农夫的家，

水牛是鹭鸶的家，

山边是太阳的家……

他几乎看到任何画面立刻就编进这首歌里，使我感受到天真与想象力的震撼。我永远也忘不了开车到家的彼时，他欢呼大叫："旗山，是爸爸的老家！"

等我们种完花，孩子开心地对我说："阿公知道我在他花园种这么多煮饭花，一定很高兴。"

夜里，带孩子到妈祖庙边我小时候常去的地方吃冰豆花，顺便告诉他小时候吃豆花是用小担子挑的，也教他唱我儿时唱的一首小调：

> 豆花车倒担，
>
> 一碗两角半；
>
> 若无车倒担，
>
> 一碗两块半。

一路上，我们就唱这首小调回家。等孩子睡着了，我把《护生画集》拿出来，找到丰子恺的诗画：

> 阶下有小虫，蠕蠕形细长；
>
> 似蝇不是蝇，似蛇并非蛇。
>
> 就近仔细看，两蚁相扶将；
>
> 颇像交际舞，几步一回翔。
>
> 速取放大镜，我欲窥其详；
>
> 原来两蚁中，一蚁已受伤。
>
> 后脚被切断，腹破将见肠；

一蚁衔其手，行步甚踉跄。

不闻呻吟声，唯见色仓皇；

我欲施救助，束手苦无方。

目送两蚁行，直到进泥墙；

事过已三日，我心犹未忘。

不知负伤者，是否已起床？

　　我把这首诗抄在笔记上，希望明天能说给孩子听，让他也看
看丰子恺的漫画，我看着孩子熟睡在我童年时睡过的木板床上，
感觉到孩子就是我的禅师，他是为了教育和启发我而投生做我的
孩子。我也是为了教育和启发他，而投生做他的爸爸。我们一定
是前世有约的那种知己的朋友。

　　我们共同在这个世界携手前行，是为了互相启发，不要忘失
前世的慈悲心，也是为了互相期许，走向智慧的道路。

　　就像我太太常说的："你们是一对咕嘟宝！"

　　我们都搞不清什么是"咕嘟宝"，有一次一起去问"妈妈"，
她说："就是一对胖嘟嘟的宝贝，像寒山、拾得那一种呀！"

悲欣交集

呀！弘一

有一次，在大甲山间的寺庙，看到弘一法师写的《金刚经》被放大了，镶满整面墙壁，我站在墙壁前深深被感动了。

从第一笔到最后一笔，始终平和、宁静、庄严，没有书法中龙飞凤舞、力透纸背、铁画银钩那一套，只是如实地、丝毫无烟火气地、没有一笔闪失地浮现在纸上。

我近几年也有写经的经验，深知写经不易，要把整部《金刚经》写完而不闪失、不气浮，必须有极深刻的禅定力，弘一虽不讲禅定，我相信他的定力是甚深、极甚深的。

大家都知道的当代大修行者广钦老和尚，在泉州城北清源山岩壁石洞苦修时，有一回入定数月，不食不动，鼻息全无，众人都误以为他已圆寂，屡次请方丈准备火化。那时弘一正驻锡于永春普济寺，听到消息，立刻赶到承天寺，与方丈转尘老和尚等数人一起上山探视。弘一看到广钦老和尚的定功，甚为赞叹，乃弹指三下，请广钦老和尚出定。这个常被略过去的记载，使我们知道弘一有甚深禅定，否则，怎能一眼就看出老和尚在定中？怎能弹指唤人出定呢？

弘一写的经就像那三弹指，有如平静湛蓝的湖泊，给人一种温柔的力量，我恭谨地站在墙下诵了一遍《金刚经》。朋友开车送我回台北，路过大甲附近的火炎山，想到在这火炎中燃烧的人间，弘一的字正如一阵阵清凉的风，从火炎山顶吹抚而过，熨平了我们的忧伤。

炉火纯青

对弘一法师有深刻研究，曾写过《弘一大师传》的陈慧剑居士曾告诉我，弘一早年的字就很好，曾写过许多巨幅，才气飞扬，如风中飘动的大旗，但出家以后写的字就隐藏了才气，有如炉火纯青，无烟尘气。

弘一写经的转化，想是受了印光法师的影响。他在给弘一的信中曾说：

> 写经不同写字屏，取其神趣，不必工整。若写经，宜如进士写策，一笔不容苟简，其体必须依正式体。若座下书札体格，断不可用。

接手书，见其字体工整，可依此写经，夫书经乃欲以凡夫心识，转为如来智慧。比新进士下殿试场，尚需严恭寅畏，无稍怠忽。能如是者，必能即业识心，成如来藏。于选佛场中可得状元。今人书经，任意潦草，非为书经，特借此以习字，兼欲留其笔迹于后世耳。如此书经，非全无益，亦不过为未来得度之因。

弘一后期的写经，受到这一观念的影响，因此没有一丝动乱。

许多人误以为弘一抛家弃子是无情之人，其实弘一是非常深情的。他出家以后写的经，有的是写于父母亲的生日或冥诞，有的写于发妻的亡故之时，用来感恩因向。那样看来没有一丝波澜的经文法书，竟是隐含着如此深沉的用心，犹如深水无波，想了令人眼湿。

假如不是完全烧透的炉火，又何能至此？

松　枝

新加坡朋友陈瑞献因为向慕弘一的道风，以金石刻印了一本《松枝集》，认为弘一早具宿慧，以松枝为证，绝非薄地的凡夫。

大凡是高僧，出生都有瑞兆，弘一也是，在出生的时候，有一只喜鹊衔着一根细长的松树枝飞进屋内，落在弘一母亲的床前，等到弘一生下的时候，喜鹊飞去，遗松枝于室。

等到弘一成了高僧，大家都认为这枝松枝大有来历，但弘一只把它当成父母生养的纪念品。

这松枝长年跟随弘一，甚至东渡日本时也未离身，出家后，松枝也长携身侧，用以长志父母劬劳。

弘一圆寂的时候，松枝就挂在禅榻的壁上，现在还存于泉州的开元寺。那最后的松枝，是象征了弘一把缺憾还诸天地，走入了生命终极的圆满。

松枝真是美的一种表达，表达了弘一的志节，和一生对于美的无限追求。他死的时候写下"天心月圆，华枝春满"，给松枝最好的句点。

美的回声

弘一是不断追求美的人，他的音乐、美术、文章、书法、金石、诗词都是在凡俗中寻找美的提升，即使出家后，也展现出超俗的美。

这美的向往，从他出家后用过的名字可以看到一些。

一音　弘一　演音　善梦老人

入玄　亡言　善月　晚晴老人

清凉　无畏　不著　二一老人

每个名字都是美极，他出家以前住的地方叫"城南草堂"，所组织的书画会在"杨柳楼台"，断食处叫"虎跑大慈山"，在"虎跑寺"出家，在"白马湖"隐居，晚年住在"水云洞"，圆寂于"不二祠晚晴室"。

甚至他留学时的"上野美术学校"名字也很美，我有一次到东京，特别到上野美术学校，站在回廊中，想起弘一法师说不定曾穿着黑色功夫鞋，蹦蹦行走其中。

弘一的一生是在追求生命的大美，在历程中留下许多美丽的回声，让我们听见。

人间的演音

弘一的另一动人心魄，是他的修行。他的修行完全是以人的觉悟为出发，不说空言，所以到晚年已是众所公认的高僧，他还谦卑得令人心疼。

他是律宗的祖师，但是他一直提倡："学戒律的需要律己，不要律人。有些人学了戒律，便拿来律人，这就错了。"

他有一次隐居，屋前枯干的老树竟发出新芽，好友徐悲鸿去看他，大为惊叹，说："有高僧住在这里，连枯干的树都发出新芽了。"

弘一笑着说："不是这样，是我来了以后天天给他浇水，就发芽了。"

这是使修行完全落实于人间。我读到他的一段笔记，深有所感：

> 昔贤谓以饲猫之饭饲鼠，则可无鼠患。常人闻者
> 罕能注意，而不知其言确实有据也。余近独居桃源山

111

中甚久，山鼠扰害，昼夜不宁。毁坏衣物等无论矣！甚至啮佛像手足，并于像上落粪。因阅旧籍，载饲鼠之法，姑试之。鼠逐渐能循驯，不复毁坏衣物，亦不随处落粪。自是以后，即得彼此相安。现有鼠六七头，所饲之饭不多，备供一猫之食量，彼六七鼠即可满足矣……余每日饲鼠两次，饲时，并为发愿回向，冀彼等早得人身，乃至速证菩提云云。

从这段笔记，可以看出弘一的细致、敏慧，具有平等无分别的心，真正落实于人间。

大悲与大喜

弘一的最后遗墨是"悲欣交集"四字，每次读此四字，有如在黑夜中见到晶莹的泪光。

他有一幅字写着"世间如梦非实"，落款的金石是"本来无一物"，因如梦非实所以悲欣交集，因本来无物，悲欣交集则美如烟霞。

谁的生命不是悲欣交集呢？

谁的情缘不是悲欣交集呢？

弘一以此四字，写下了人生遗憾与悲悯的最后注脚。

今逢弘一大师一百一十岁诞辰，想到这四个字，心中不免一动。

摩顶松

　　玄奘法师将要到西域取经之前，住在灵岩寺，寺院前有一棵松树，玄奘有一天立在庭前仰望浩渺的云天，用手抚摩松树说："我马上要到西方去求佛法了，你从今天起可以向西长；如果我要回来的时候，你就向东长吧！使我的徒弟们知道我要回来了！"

　　然后，玄奘整装往西域出发，那时是唐太宗贞观元年。他走了以后那棵松树的枝干年年往西长，长到数丈长。有一年，弟子突然看到松枝向东边长，都说："师父要回来了。"于是群向西方迎接，果然，那一年玄奘从西域回来，回到长安时是贞观十九年正月二十五日，整整十九年的岁月。

　　传记里说他回到长安城时"道俗奔迎，倾都罢市"，整个长安城全部来迎接玄奘大师，由于人太多了，"长安市政府"规定从朱雀街到弘福寺的门口，人都不准移动，以免互相践踏而受伤，可见当时欢迎的热烈景象。

　　但是，第一个欢迎玄奘回国的却是灵岩寺的那棵松树。后人为了纪念这棵松树的灵感，称这棵松树为"摩顶松"。玄奘的几部传记都记载了摩顶松的故事，像《神僧传》《佛祖统纪》等书。

我很喜欢"摩顶松"的传说，它和释迦牟尼佛的证道时所见到的晨星，同样有深刻的象征寓意，里面表达了玄奘感性的一面，以及在极坚固的志愿中，有着柔软的心。

想一想，玄奘从长安神邑出发，以印度的王舍新城为终点，长途跋涉达五万余里，来回十万余里，是一条多么漫长的道路。在《西游记》里虽然安排了孙悟空、猪八戒、沙悟净，使得玄奘的取经之路显得很热闹，我们看玄奘的传记，发现事实并非如此，而是他孤独地走向陌生之旅，这里面如果没有金刚一样坚固的志愿，菩萨一样柔软的心肠，如何能至呢？

当他从印度取经回来，皇帝召见他时问他："你能到西方求法来惠利苍生，朕非常欣慰，但是朕一想到那山川的阻隔，风俗的不同，也为你能顺利来回感到惊讶呀！"

玄奘轻描淡写地说："奘闻乘疾风者，造天池而非远；御龙舟者，涉江波而不难。"

把那十万里的跋涉化成一缕轻烟，这是何等雄大的怀抱，玄奘以一介孤僧，所到之处都为人敬重，他在印度那烂陀寺时被选为通晓三藏的十德之一，在寺中宣讲《摄论》《唯识抉择论》。后来，他会见了戒日王。国王邀他为论主，在曲女城召开一次大规模的佛学辩论大会，有五印十八个国王、三千位大小乘佛教学者、两千位外道参加，由玄奘大师讲论，任人问难，但没有一个问题能问倒他，从此玄奘大师威震五印，被大乘行者称为"大乘天"，小乘行者称为"解脱天"。

这是玄奘传记中的几件小事，我们已经可以看出他是悲慧具足的高僧，对中国佛教有着不可磨灭的贡献。

我从小就很喜欢玄奘，原因是在《西游记》里，他是活生生的人物，另一个原因是我的名字有一个"玄"字，常常自我介绍时说不清楚，就说"是玄奘法师的玄"，听的人立刻就懂了。

比较不喜欢的是，在《西游记》里把玄奘写成了一个软脚虾，离开孙悟空的时候简直像白痴一样，任人摆布、任人宰割。其实在他的传记里，玄奘是一位智勇双全的修行者，有着许多神变与伏魔的记载，和《西游记》里的唐三藏真是大相径庭。还有，玄奘在西域印度各地都有极精彩的表现，各国国王均尊为"圣僧"，这在《西游记》里也都略而不提，真希望将来有时间，我能写一部《真西游记》！

在唐玄奘回国后，有一天唐太宗对群臣说："昔苻坚称释道安为神器，举朝尊之。朕今观法师词论典雅，风节贞峻，非惟不愧古人，亦乃出之更远！"

这段话出自皇帝的口，也是对玄奘这样千秋万古的人物一个恳切的评价了！

琉璃王的悲歌

憍萨罗国的国王波斯匿，是佛陀初传教法时最大的护法。他在年轻时非常欣羡释迦族男女的俊美，因此渴望娶一位释种少女做王妃。

他派人到迦毗罗卫国的释迦族去提亲，由于有一部分释迦族人不肯将贵女嫁给邻国，最后把摩男家中婢女所生的女儿送给波斯匿王为妻。

这个出身卑微的婢女之女，就是后来非常有名的"胜鬘夫人"。胜鬘夫人非常贤慧，十分得到国王的宠爱，不久生下一个儿子琉璃王子。

琉璃王子幼年时代就常随母亲返回娘家迦毗罗卫国。由于释迦族的人都知道他母亲出身贫贱，常在暗地里取笑他，称他为"婢子"。他长到八岁的时候，奉父王之令到迦毗罗卫城学习射箭，经常被以白眼相待，甚至被怒斥，加深了他心中的仇恨。年轻的王子于是发下恶愿：长大继承王位以后，一定要消灭释迦族。

波斯匿王过世后，王位传给琉璃王。他每次一想起童年的遭遇就心如刀刺，为了消多年之恨，他大举率领四军（象兵、骑兵、步兵、战车兵）向迦毗罗卫城出兵。

佛陀预先知道这件事，独自站在琉璃王大军向迦毗罗卫国前进的街道大树下，等待国王及大军。挥军而至的琉璃王，看到佛陀无言地站立树下，想到父王生前是多么恭敬佛陀，他迟疑了一下，然后无言地带兵折返原路。

但是他的恨意并未随他折返，不久他的愤怒又爆发了。他再度率军出征，佛陀又站在路边的大树下，他的大军又折回去。第三次琉璃王发动大军，再一次看到佛陀。如是折回三次，琉璃王第四次发兵时，心里想："如果这一次再看到世尊，从此就停止进攻迦毗罗卫国。"没有想到，不知道是什么原因，第四次佛陀并没有站在路上，琉璃王便大举挥兵攻掠了迦毗罗卫国。

经典上记载，琉璃王一共鏖杀了释种九千九百九十万人（这是极言其多），血流成河。他又捕捉了五百位端正美丽的释族贵女，要娶狎她们，被严峻地拒绝了，琉璃王更加嗔恚，把她们的手脚都砍断丢在深坑之中……释迦族的族人在琉璃王手中就像大海里的泡沫般迅速地消失。

琉璃王的杀戮非常彻底，差不多灭了释迦一族。复了仇的琉璃王十分畅快，终日饮酒欢娱。到第七天，他率领诸兵众和诸婇女（宫女）到阿脂罗河畔娱乐，夜半突然刮起暴风疾雨，河水大涨。琉璃王、兵众、婇女全被水所漂没。

旋即，琉璃王的宫殿不知何故起火，被焚毁了。

琉璃王落入阿鼻地狱，更不在话下。

这个记载在佛教原始经典的故事，使我读了非常感伤。琉璃王以一个小时候的恶愿竟消灭了一个民族。释迦族则由于不诚实及鄙视，引来了难以想象的灾祸。可见人的心念是多么需要守护，一念的嗔恨及恶心，就像天火焚林一样，往往造成不可收拾的结果。

琉璃王的身世固然是一出很大的悲剧，但更让我们感慨的是，释迦牟尼是伟大的觉者，他所属的种族释迦族，竟在他生前就惨遭屠戮而消灭了。就好像西方的圣人耶稣一样，从耶稣一出生，犹太民族就似乎注定了暗淡的命运，甚至到了近代，还是几百万地被杀害，连耶稣本人也被杀害，其悲惨并不亚于释迦族。

东西方两位圣人，他们种族的悲剧命运，里面一定有深刻的寓意与教化。我时常在长夜里，思索其中的命题，想到老年的佛陀悲伤地站在树下，预见了民族的灭亡；想到壮年的耶稣被赶到"骸骨之丘"，施以极刑，在忧伤的夕阳中看着自己人民的悲剧，我的心就悲绝而静默了，屋里只流动着空虚而喑哑的风。

呀！这是一个怎么样的人生命题呢？答案在哪里啊？我不知道！我真的不知道！

风里，也没有回答。

无涯歌

朋友推荐我看韩国人拍摄的电视剧《元晓大师》，看完后甚为感动，想到我们的电视电影这许多年来，佛教题材也拍了不少，却没有拍过什么真实动人的作品。同样以佛教为题材，日本人拍过《空海大师》，韩国人拍了《元晓大师》，都是极好的作品，听说在台湾也非常流行，许多佛学院甚至当作教材放给学生看。

朋友说："这部电视剧中元晓大师的修行固然令人感动，编剧实在功不可没，不知道有没有虚构的成分？"

我说："这部剧的成功，就是它的真实。元晓大师不只在韩国很有名，其实从唐朝开始，在中国就非常有名。"

我找来手边的《宋高僧传》卷四"义解篇"里《新罗国黄龙寺元晓传》指给朋友看，元晓在青年时代出家，从小就是文武全才。传记里说他：

> 勇击义围，雄横文阵，仡仡然、桓桓然，进无前

却，盖三学之淹通，彼土谓为万人之敌，精义入神为
若此也。

这时，我们已可以看出元晓是一位气派雄浑的青年，与他
同游的义湘法师也是人中龙凤。两人在少时就向慕玄奘法师的道
风，想要一起到大唐向三藏法师学法。两人长途跋涉到海边，在
海边等待大船出海，突然遇到风雨，两人跑到路边的土房子避
雨，到天亮时才知道自己躲在古坟里与骸骨为伍，两人不免相视
大惊。但是，雨仍然很大，只好又在那里过了一夜，夜未央就有
鬼物作怪，元晓突然顿悟说："前之寓宿谓土龛而且安，此夜留宵
托鬼乡而多祟，则知心生故种种法生，心灭故龛坟不二，又三界
唯心，万法唯识，心外无法，胡用别求？我不入唐！"

这段故事不是记载在元晓的传记里，而是记在义湘的传记
里。两人后来在海边分手，义湘入唐，元晓飘然返国。两人后来
都成为新罗的一代高僧，义湘为华严初祖，元晓为净土祖师，此
是后话，我们再来看看元晓回到新罗的情景。

由于在海边土坟的顿悟，元晓回到新罗之后仿佛变了一个
人，或在酒肆倡家喝酒，或在庙宇抚琴唱歌，或在路边为人讲
经，"或闾阎寓宿，或山水坐禅，任意随机，都无定检"。因为他
放浪形骸、融入群众，被许多出家人在国王面前毁谤。元晓不以
为意，与浪游街坊的大安禅师同游。传记里说到大安："大安者，
不测之人也，形服特异，恒在市尘击铜钵，唱言：'大安，大安'
之声，故号之也。"

元晓大师晚年隐居寺庙做杂役，并随手著论疏，写有《华严

经疏》《阿弥陀经疏》《金刚三昧经论》《大乘起信论疏》《十门和诤论》《法华宗要》《二障义》《判比量论》等书，有许多著作流入大唐，对我国的佛教也产生了影响。

他所著的《金刚三昧经论》原有五卷，有一天被嫉妒他的出家人偷走，只好重录成为三卷。

元晓大师因为少年习武的缘故，一直渴望国家统一（当时韩国分为高句丽、新罗、百济三国）。晚年他在寺庙里听到国家统一，独自在庭中唱诵佛号，满面流泪，一个和尚问他："你不是已经超越苦乐了吗？为什么还会流泪呢？"他说："苦乐和流泪有什么关系呢？国家的统一应该使人大哭大笑，即使出家人也不例外呀！"

我觉得《元晓大师》电视剧处理得最好的是两部分，一是把出家人也回到人的本位，一个出家人如果没有得到悟境，与凡夫并无两样，有一些甚至比凡夫不如；一是在元晓、义湘、大安这三位法师的传记中都有许多神变的部分，它全部舍弃了，完全以人格来塑造元晓的伟大，这是很值得赞叹的观点。

关于神变，元晓在戏里说过："要飘落的花瓣，连一天也不能等待。"这是多么优美而真实的观点。在这个时代，有许多外道利用神通惑众，使许多无知的众生受骗，成为财色的祭品。我们如果深思这句话，便知道神通是不可依恃的。那些自称可以通神的人，可不可能使他们神坛中的花朵不谢呢？可不可能使神桌上的供品不烂呢？如果不能，怎么可能让人在天堂挂号？怎么可能献财献色就可以入解脱之路呢？

在元晓大师追随大安禅师时，有一次大安的小狗死了，元晓采了一些树叶覆在小狗身上，坐在旁边诵经超度。大安看见了，问他说："你念这么深的经给一只小狗听，它怎么听得懂呢？"接着他把化缘得来的奶放在小狗身边，对小狗说："你好好地吃吧！"元晓当时豁然开悟，从此对妓女就说妓女的法，对乞丐就说要饭的法。他说："如有一众生慈悲为怀，必然震撼法界，不管他是以什么形式说法！"

他也时常对那些偏执于来生解脱的修行者说："今生的问题都不能解决，担忧什么来世？""灯火不明，周遭必然黑暗，追求来世的修行，就像不点灯而找光明的地方一样。"

对于入山的观点，元晓大师说："不管到多么高的深山上，都还是尘世的范围，因此释迦佛叫我们厌离世间，不是要远离尘世，而是要远离对尘世的贪爱，贪爱一旦清明，尘世的束缚就解脱了！"

在电视剧里，元晓大师出家以后还以居士自居，并且与新罗国的公主谈恋爱，后来还生下一个王爷。他与柔多公主的恋爱浪漫动人，两人要分离的时候，柔多公主问他说："你是不是会因为和我在一起而后悔？"元晓平静地说："就好像多念了一卷经一样。"——这一段在传记里并没有，应该是编剧所加。

电视剧的结局，是元晓大师与柔多公主所生的孩子到寺庙去看他。他什么话也没说，拿一把扫把叫他扫庭院，过了一会儿，他走出来问孩子说："都扫好了吗？"

"爹，都扫干净了！"

元晓抓起扫好而堆在一旁的一把树叶，撒在庭中，对孩子说："树叶是永远扫不干净的，因为它随时随地会落下来！"

然后转头走进寺院，孩子则在庭中拜别。这一段也是编剧所加，依我看，是取材自日本茶道祖师利休教导孩子的故事，这故事在日本普为人知，编剧顺手拈来，也颇为符合元晓的情境。

　　我从前读《宋高僧传》就读过元晓大师传，并未留下什么印象，看完电视剧再看高僧传，感触便深刻得多，可见用现代媒体来传扬教法，是一个值得尝试的工作。元晓大师生前就曾把佛法的观点写成《无涯歌》教苦难的人传唱，这首歌甚至比他的论述影响力广大得多。

　　他的《无涯歌》，意思是知识有涯，但生命轮回无涯，苦难也就无涯，与我们传统所说的"生也有涯，知也无涯"是不同的生命观点，却是真切得多。

　　多么希望我们可以拍出一部像《元晓大师》这样的电影或电视剧，让现代人知道菩提道并不遥远，但偏离生活与生命而想求得菩提，那是不可得的呀！

还魂与再生

前几天参加了一个环保的演讲会，讲的题目是再生纸，演讲的有环境专家马以工，主妇联盟董事长陈秀惠，歌手童安格，作家张曼娟，还有我。主办单位是《皇冠》杂志，场地是设备极好、可以坐八百人的永琦百货公司万象厅。照理说，这样的阵容应该吸引人山人海来听讲，结果听众还不到一百人。

大家当然是有一些失望了，但经常参加环境保护演讲的马以工大姐安慰我们说："环境保护这么冷门的题目，如果有一百人来听，就算是大场面了。"她提到有一次和柴松林教授一起演讲，听众只来了八位。还有一次是五个人演讲，听的人只有二十几位。

她说："今天我们如果谈点别的东西，保证会人山人海。"

我们就问她："谈些什么？"

"譬如算命啦、风水啦、紫微斗数啦，听说这是台湾近几年最热门的演讲题目，有的要交两三千元才能入场。其次热门的是婚姻和爱情的讲座，也都是座无虚席的。再其次是谈钱、讲经营管理，例如股票投资，也是许多人有兴趣的。讲环境保护，谁要听呢？"

真是的，算命、婚姻、钱财大家都认为是与自己有切身的关系，而环保则让我们感到遥远与切身无关，再加上讲到环境保护只有付出、没有收益，一般人都不太关心。再者，许多人渴求在命运、婚姻、金钱中得到安顿，而不渴望居住于清净的国土，正是反映了当今社会的某些心态吧！

我应邀做环保演讲，是由于最近两本书用了再生纸。听说"再生纸"是中国古代就有了，那时候的名字叫"还魂纸"，意思是使纸张的魂魄得到再生。

"还魂纸"的名字真是美极了，它象征了一种有情，树木有情、字纸有情，在时空中轮回流转，其情感并不失去，只是换了一种面目再生。记得在阿里山上有一个"树灵塔"，是为了纪念那些被砍伐而为人所用的树的生灵，我二十年前在阿里山旅行曾与这座树灵塔合照，当时心中就充满了感动，在树前祝祷，树木有情，我们在使用以树木做成的纸张时，怎能没有珍惜的心呢？

纸张有情，字纸有灵是中国老祖先就有的观念。我的祖母没有受过教育，但她非常敬惜字纸，在我们小的时候，她常把用过的字纸收在一个篓子里，一段时间以后放在烧金纸的炉里销毁，在烧之前则焚香祷祝，希望那字纸上的"坏字"随火烧去，上面的"好字"则能去投生，以便使世界愈来愈好。

我的父母也都承袭了这种爱惜字纸的传统。

由于我从事写作的行业，每天使用的字纸很多，在刚开始写作时习惯不好，每次写了几行，不满意，立刻撕毁丢在纸篓里，习以为常，每天丢掉的字纸总有满满一篓，许多纸都只写了一两行。

有一年我住在台北兴隆路的山上，父母来住我家，晚上我常写作到深夜才去睡，第二天起了床总会在书房的桌上看到一沓稿纸，是我写坏揉皱的稿纸被一张张铺平叠在桌上，一连几天都是这样，原来是母亲的杰作，她把我丢掉的纸捡起来铺平了。

我对母亲说："这些稿纸都是写坏不要的。"

她说："我看都只写了两三行，还有很多空格，丢掉了不是很可惜吗？你可以把这两三行划掉，或者剪两三行贴上去，不必整张都揉掉呀！"

然后她把我的稿纸拿起来看了半天，问我说："这格子的小行是做什么的？"

我说："那是给人写错了字改正的地方。"

"实在是太浪费了，怎么不想好了再写，这样就省下很多纸了。"母亲说，然后又说："我希望你用的稿纸不要有这些小行，每篇文章都要想好了再写。"

她想了一下说："唉！如果稿纸可以两面写不是更好吗？你一天写个十张，一辈子不知道少砍多少树呢！"

从那时候起，我就不敢随便浪费稿纸，甚至自印的稿纸把格子旁的小行也去掉了。母亲对树木有深刻的感情是可以理解的，因为我们家做的是林场，父亲在六龟乡新威村的深山里有四百多甲的林地，每棵树的成长少则十年，多则数十年，想到纸张无心的浪费可能就要砍伐一棵十年的树木，使用起来的心情就不同了。

根据马以工小姐的说法，如果台湾有再生纸的观念，回收废纸，每年可以在纸张花费上省下三亿的新台币，每年就会少砍四十万棵树木，想起来真是令人心惊。我们提倡环保，提倡种树，还不如先从珍惜纸张开始，并且把日常使用过的纸张回收再制。倡导再生纸的使用，其实，我们已经在种树了！爱惜了一本书等于多种了一棵树木，这是非常积极的态度。特别是想到每一棵树上都有许多虫鸟生命，砍掉一棵树的当时，就有无数的生命死在其中啊！

证严师父有一次在演讲的时候说：

佛教说不杀生，除了不杀之外还要护生。不杀生，并不单指人而已，凡是任何东西我们都不能谋杀它的生命。你们知道吗？每样东西都有它的生命功能。

比如一张纸，对别人而言，可能只有一次的使用生命，但在我手中却有四次再生的生命。怎么说呢？第一次我用铅笔写，然后用钢笔。这张纸是不是就不用了呢？不，我把它拿来写毛笔字。我要告诉诸位我写字的这张纸是别人丢弃的废稿纸，我把它翻到反面来写。用别人丢弃不用的就已经是让这张纸再生一次了，用铅笔写是再生第二次，用钢笔写是再生第三次，而用毛笔写是再生第四次，这就是在爱护东西的生命啊！

此外，我如果和比较知心熟识的朋友通信，通常也是把对方寄来的信封拆开，翻过来再重新粘一个信封，以这张信封再寄回去，当然这是与较熟识的朋友通信时，就可把这张信封再"放生"回去，如此则等于多发挥一次它的生命的功能啊！

星云法师也说过，以前在丛林当学僧，每半个月发十五张草纸，一天只能用一张，那一小张草纸就显得无比的珍贵了。

想到师父们爱物惜生的行止，都使我们感到惭愧不如而心向往之！

这种行止，是充满了无限的再生与还魂，是体验到法界一如之道，认识到即使是一张纸也有生命，有无限的轮回。因此，像环境保护、像使用再生纸是佛弟子责无旁贷的责任与承担，我也希望佛教的团体能多参与环保运动，来主导这个对人类有积极贡献的潮流。

我想到诗人周梦蝶曾有一本书叫《还魂草》，他写过这样的句子："曾在娑罗双树下哭泣过的一群露珠，又闪耀在千草的叶尖上了！"其中有这样优美的一段：

有烟的地方就有火，有火的地方就有灶，
有灶的地方就有情，有情的地方就有
就有相依相存相护相煦复相噬的唇齿
一加一并不等于一加一！
去年的落叶，今年燕子口中的香泥。

想到我现在正写着的一张稿纸，可能是上一代人种的树（或者是我父亲种的树也不一定），我写的字纸若制成再生纸，很可

128

能是百年后某一位少年要写的深情的信（或者被印成我的孩子求知的作业簿），也或者……如是思维不禁欢喜踊跃，感知每一张纸都有无限的生命，每一个字都消失了还有芬芳！

如果我们也用再生纸印佛经、印善书，那么佛菩萨也会欢喜的吧！

飞龙在天

第一次看到泰·锡度仁波切的画时，我感到十分吃惊和感动。吃惊的是没想到仁波切还有时间作出这么多画，而且他的画一点也没有西藏的形式或气息，反而像唐宋时的文人画。感动的是，已经有很多年没有看见境界如此高超的水墨画了，空阔、纯净、淡雅，仿佛是秋日田野里很好很好的天气，突然看见湛蓝的天空一样。

后来有机缘拜见泰·锡度仁波切，听到他说："对一个音乐家来说，他的心如果得到开发，我们听他的音乐就像读佛教的祈请文一样。""佛法与艺术是没有分别的。""接近真理或实相的方法很多，艺术也是一种方法。"更破除了我多年来的疑惑，也肯定了我一直在思索的一些信念。

作为佛的弟子，我们时常把这个世界分成"有用的"和"无用的"两部分。我们常误以为念佛、拜佛、持咒、观想、打坐、法会是有用的；而除了这些与佛有关之外的东西是无用的，例如散步、吃饭、读书、赚钱，更不用说是唱歌、跳舞、画画、听音乐了。

可是，我常常想，如果这个世界没有音乐、没有舞蹈、没有诗歌，那这个世界是多么单调乏味无趣的世界呀！我也常常抬起头来看蓝天，想象着，就是在佛的十方净土里，应该也有着音乐，也让人写诗和跳舞的吧！佛经里不也常说"欢喜赞叹，作礼而去"吗？如果没有艺术的创造，要怎么来欢喜赞叹呢？

幸而，自从有了佛教，就有许多伟大的艺术家投入欢喜赞叹的创作，令无数代无数人为之感动。许多成就者也以艺术来作为教化抒怀的工具，中国禅宗留下过许多动人的禅画，而几乎所有的祖师都是诗人。在西藏也是一样的，我每次看到藏人做的"唐卡"，里面设色之辉煌、形貌之庄严都令我悚然感佩。多年前第一次读《米拉日巴歌集》，竟为他的诗歌数度落泪。米拉日巴那从自性流露出来的歌谣，我觉得，说他是世界一流的诗人也当之无愧。

后来接触密宗，有几次看到上师的手艺精美，觉得就像魔术一样。几乎每一位仁波切都有很好的工艺训练。他们把奶油和面粉捏一捏，一瞬间就做出几个"食子"（即多玛）。他们会绘画和雕刻的更不在少数。

一位上师告诉我，在他们成长的长期训练中，文学、绘画都是必修的课程，所以艺术的修养是一位仁波切的基础训练。这就是为什么我们看见的每一位仁波切，都能深刻体会到他们有一种活泼的、类似艺术家的气质。

泰·锡度仁波切给人的印象也是如此，有着庄严的气度，以及深层的创造性的气质。当我问及他的艺术教育时，他说，他在一岁半时被认证为活佛转世时，就开始接受训练，这些教育里包括宗教哲学、三藏和密续，还有文学、天文、绘画、医学，等等，这些教育都是一对一的，让他奠定了良好的基础，而他从童年时代就很喜欢绘画。

"可能是从小就听到我的第八世，是西藏历史上很杰出的画家和诗人，使我从小就对艺术有很大兴趣。"十二世的泰·锡度仁波切说。

在历史上，第八世泰·锡度仁波切（1700—1774）确有卓越的成就。他是伟大的学者，曾著有《西藏文文法》。他也是著名的医生、天文学家、诗人、艺术家。在艺术方面，他创立了西藏唐卡绘画的新形式；在文化方面，他创建的"八蚌寺"成为西藏教育文化的中心，他成立的"德格印经处"印行了五十余万种品质优良的木版书。

继承了这样伟大成就的"前世"，十二世的泰·锡度深具艺术禀赋似乎是极自然的，因此少年时代的泰·锡度就画得一手很好的唐卡，还会做雕刻。他说："我跟随的老师非常好，规矩很严格，在很短的时间，就让我掌握了传统艺术的要义。"

但是，这些传统里严格的规矩，泰·锡度长大以后却觉得反而是创作的一种限制，这时他对禅定与空性都有了更深的体悟，觉得传统的艺术形式无法充分表达他的心性世界。这时，他开始放下从前已经打好基础的艺术传统，用一种随机的方式来创作。

"什么是随机的方式呢？"

"我在禅定之后，初从定境出来，就拿起手边可以拿到的工具，把心里对空性的体悟自然流露出来。"仁波切微笑着说。

他的禅定通常每次一两小时，但不是每天都有画意，有时一个月作不出一张画，有时几分钟就画好了。他的画没有固定工具，没有固定形式，一切都是不定的，但他的画很少修改，"一笔画下去，对了就对了。"他说。

"如何去确定哪个对呢？"

"我想是与空性有关，如果我们体验过空性，看起来对了，就是对的。那是一种纯净、天真、自然地流露，不是透过思考或意识的。"

由于这种空性，我们可以看到泰·锡度仁波切的绘画作品中有缥缈的云山、流动的水波、飞舞的龙王、旋转的太极、平衡的八卦、单纯的图线、浮在虚空的星球……他的题材之多，如彩虹炫目、飞龙在天。他说："艺术的目的就是内在的流露、彰显、展现，我只是以艺术的方式使空性流露、彰显、展现，在动机上是非常纯粹的。"

仁波切表示，空性是无法言说的，但是透过有效的禅定，我们可以有更清楚的表达，由于清楚地看，空性仍是可以理解的。他说："就像白纸与蓝墨水是截然不同的，但合在一起却变得很美，变成有生命的，艺术的材质与形式虽不能表达内在品质，但有了空性体悟，深度的品质却可以彰显。"

泰·锡度仁波切认为人应该有更广大的胸怀，有感恩的心。他说："我们佛弟子应该尊重一切，像艺术和知识，甚至尊重别的宗教，因为接近真理的方法很多，不论我们追随的是什么，只要达到更高的境界，就更接近佛了。佛教，也是在佛之后才创立的，在佛的时候，他追随的是真理，而不是佛。"

因此，仁波切非常肯定艺术家（包括一切有创造力的艺术形式）的价值，认为他们一样可以点燃心灵的灯，来照亮这个世界；他们也可以消除人的负面情绪，使人超越贪嗔痴，开发人的内在潜能。

听泰·锡度仁波切关于艺术的开示，令我有所感悟，无限欢喜，仿佛更贴切了他画中那大量留白的空间，使我想到一个人如果能虚其心，有真实的开悟，那真的像佛所说的"大圆镜智"，一切宇宙的实相就像镜子里明明白白一般。泰·锡度仁波切的画纸就是"大圆镜智"中的镜子。

他的画我把它归为"禅画"，不管是从宗教或纯艺术的角度看，都是独出一格、卓然不群的，已经很久没有看到这么清明纯净的艺术作品了。

从阳明山下来已是黄昏，山下的灯火正一点一点地辉煌起来，天上的星光也一颗颗的明亮，那灯与星使我有浑然一体之感。这大宇宙正是我刚在泰·锡度仁波切的画中所见，在圆满的观照中，心性的虚空与天空的虚空，原是无所分别的。

我想起在艺术史上有一位伟大的画家荆浩，有一次在游历太行山时遇见一位自以为画得很好的年轻画家的故事。

年轻人说："绘画是创造美的观点，最重要的是取其肖似。"

荆浩说："不！绘画就是绘画。绘画是鉴赏物的形相，真正取其形相；鉴赏物的美，并达到美的境界；鉴赏物的实在，而把握实在。我们不应把外在的美当作实在；凡是不了解这点奥秘的人，就不会得到真理。即使他的作品肖似自然，也是如此。"

困惑的年轻人继续问说："肖似和真理之间，究竟有什么区别？"

荆浩说·肖似可以从形相上得着，却没有精神，但是，达到真理时，精神与实质都会彻底表达出来。凡想靠装饰的美来表达真理，就会造出死的东西来。"

当这位年轻人下山的时候，他理解到最重要的一点：只有悟道的人才能作画，也只有悟道的人才应当作画。

看过泰·锡度仁波切的画，我心里浮起的正是年轻人理解到的那两句话。

选猫头鹰做国王

在雪山里，住了一大群鸟。

有一天，鸟们群集在一起商议："我们应该共同来推举一个国王，立一些规矩，使大家约束，不做坏事。"

接下来，大家就讨论："那么，谁应该做我们的国王呢？"

一只鸟说："应该选白鹤做国王！"

另一只说："不行，因为白鹤腿高脖子长，如果触犯它，它很方便啄破我们的脑袋。"

一只鸟说："应该选鹅做国王，因为鹅的羽毛洁白，受众鸟的尊敬。"

许多鸟都说："不行！鹅的羽毛虽然很白，可是它的脖子又长又弯，连自己的脖子都伸不直，如何使大家都正直，如何做公正的事呢？"

又有一只鸟说："我推选孔雀，因为它的羽毛五彩缤纷，看到的人都欢喜。"

"不行呀！孔雀的羽毛虽好看，却使它不懂得羞耻心，每当它开屏跳舞的时候，又露出了傲慢的丑态。"众鸟说。

还有一只鸟就建议："我看猫头鹰最适合做国王了，因为它白天休息，晚上才出来活动，正好可以在晚上守护我们的安全。"

众鸟听了，议论纷纷，最后都觉得猫头鹰是群鸟里最适合做国王的，正准备推举猫头鹰做王。

这时，有一只很有智慧的鹦鹉，就站出来反对，它说："千万不可以呀！我们所有的鸟都是白天求食，晚上睡觉，只有猫头鹰是白天睡觉、晚上活动，如果让它做国王，就会派很多侍卫在白天保护它，到时候大家白天晚上都不能睡觉，一定会痛苦不堪呀！"

众鸟听了鹦鹉的话都表示同意。鹦鹉又说："猫头鹰在欢喜的时候，我们看到它都心惊肉跳了，何况它一发怒，立刻翻脸无情，它的脸我们连看都不敢看了，何况是选它做国王！"

所有的鸟想到猫头鹰那狰狞的面目，都赞叹地说："鹦鹉说得真对，可见智慧明事理，不在年纪高，也不在力量大，更不在外表好看。"于是，众鸟聚在一起商议说："这只鹦鹉爱好和平，明白事理，想到长远的观点，又敢说别鸟不敢说的话，这样的鸟正适合当我们的国王呀！"

一致推举了鹦鹉做众鸟的国王。

这是在《法苑珠林》里的一个故事。每当有人问我对政治、社会的乱象看法如何，我就会说这个故事给他听。在原文里，鹦鹉形容猫头鹰（土枭）的偈语是：

欢喜时睹面，常令众鸟怖；

况复嗔恚对，其面不可观。

　　我们看政治人物，不是在看他的年纪高、力量大，也不在外表好看，而是要看他的平常心、平常事，如果平常的行为举止都已经粗暴，令人害怕，一旦这样的人执政掌权，就会"其面不可观"了。

　　《杂譬喻经》中也说："狮子皮被驴，虽形似狮子，而心是驴。"如何能分辨狮子或驴子呢？在《大集地藏十轮经》中说："有驴被狮子皮，而便自谓，以为狮子。有人遥见，谓真狮子。至及鸣已，皆识是驴。"

　　我们看政治人物、社会人物也是如此，听听他原来的叫声，看看他的行为，衡量一下他的动机，那么是驴是狮也就易于辨别了。讲话就是三字经，粗鲁无文，动不动就拳打脚踢，暴怒不能自制的人，到了重要时刻，我们怎能要求他们为人民谋福祉呢？

　　我们求菩提道的人也是如此，修行无非是平常心、平常事、平常饮水，是在做身口意的检验与提升。假若平常的身口意不能自主，在嗔恚时就会全面失控，那时就会叫出驴子的叫声了。

季节之韵

在这冬与春的交界，有时候感觉不是一季要变为另一季，而是每天就是一季，尤其是天气如此阴晴不定，昨天才冷得彻人，今天就要换上夏衫，以为从此就是好日子了，明天又是一道冷锋，悄悄地从远方袭来，这时候会想起憨山大师的一首禅诗：

世界光如水月，
身心皎若琉璃；
但见冰消涧底，
不知春上花枝。

春上花枝确实是一种"不知"，它仿佛是没有预告的电影，默默地上映，镜头一瞥，就是阳光灿烂，花团锦簇了。

比较长期而固定的剧本，是百货公司打折的招牌，从八折、七折、五折、三折，忽然打到一折了，那打折的不仅是服装，而是一点一点在飘去的冬季，冬季都打到一折了，春天就要从那谷底生发出来。

百货公司彻底的打折，是一种季节的预告，也是一种欲望的牵引，其实我们冬季的衣服已经够穿，而今年再也没有机会穿，却因为打折，满足了我们对明年的冬季有一种欲望的期待，许多人因此花很便宜的价钱买下要封存整季（或者更久）的服装，表面上看来，或者今年的冬天不必再添置新装，但到了冬天，我们又会有新的欲望、新的渴求，也因此，打折是永不休止的。

对于服装的价格与美学，因为打折而被混淆了。本来我们应该选择那些精美的服饰，买上少数的几件，却往往因为贪求便宜，而买了许多品质不是很好，自己不是很喜欢的东西。由于外在环境的打折，我们对于美的要求也随之打折，心灵也跟着打折了。

其实，对于季节，或是心灵的创发，我们应该有一种决然的态度，也就是把全部的精神力投注于某一个焦点，以生命来融入，既不留意去年冬季的残雪，也不对今年的冬天做过度的期待，现在既然是春天了，与其逛街去闲置冬装，还不如脱下重装，体验一下春天的自由与阳光。因为去年的冬天已不可追回，今年的冬季则还寄放在乌何有之乡。

有一个禅的故事可以说明这样的心情：

一粒榕树的种子偶然落在地里，它对自己生命的未来感到迷惑，抬起头来看见一棵百年的榕树——它的母亲——正昂然地站立在蓝天的背景下。

种子说："妈妈，您怎么能如此伟大地站立在大地之上呢？"

榕树说:"这不是伟大,只是一种自然的生长呀!我们在季节中长大,吸收雨露阳光,甚至接受狂风与闪电的考验,每一粒榕树的种子,只要健康就会长大,你也一样呀,孩子!"

种子说:"可是,妈妈!为什么我一直都住在如此阴暗潮湿的土地呢?我要如何才能像您一样挺立呢?"

"首先,我的孩子,你必须要消失,把自己融入泥土里,然后发芽,变成一棵树,有一天你就能像我一样,享受蓝天、阳光与和风呀!"

"妈妈,我要先消失,这多么的可怕呀!万一我消失融入土里,没有长成一棵树,而变成一点泥土呢?这样太冒险了,还是让我保留一半是种子,一半长成树木吧!"

种子于是自己做了这样的主张,只选择了一半的消失,妈妈长叹一声。不久,那榕树的种子变成泥土,完全地消失了。

生命的成长、季节的成长也是这样子决然的。一个人如果没有全身心投入于此刻的融入,真实的发芽就变成不可能。放下一半的自我,不会是全然的自我。一株花如果不用全心来凋谢,就没有足够的养分长出树叶;一粒种子如果不全心地消失,就不会从内在最深处长出芽来。

因此,我们的生命不能打折!

大慧宗杲禅师也有一首优美的诗来说这种心情:

桶底脱时大地阔,

命根断处碧潭清。

好将一点红炉雪,

散作人间照夜灯。

季节里年年都有冬季，人生里不也是常常面对着寒冷的冬季吗？泉自冷时冷起，峰从飞处飞来。在那无限的轮替之中，有没有一个洞然明白的观照呢？

人间照夜的灯火，是来自红炉中雪融的时刻。让我们以一种泰然欣赏的态度走过打折的市招，让我们知道生命的真实之道，是如实知见自己的心，没有折扣！

花季与花祭

住在阳明山的朋友，在春天将过尽的时候，问我："今年怎么没有上山去看花？花季已经结束了，仅剩一些残花呢！"言下之意有惋惜之情。

往年春天，我总会有一两次到阳明山去，或者去看花，或者去朋友家喝刚出炉的春茶，或者到白云山庄去饮沁人的兰花茶，或者到永明寺的庭院里中冥想，或者到妙德兰若去俯视台北被浓烟灰云密蔽的万丈红尘。

当然，在花季里，主要的是看花了。每当在春气景明看到郁郁黄花、青青翠竹，洗过如蒸汽洗涤的温泉水，再回到红尘滚滚的城市，就会有一种深刻的感慨，仿佛花季是浊世与净土的界限，只要一不小心就要沦入江湖了。

看完阳明山的花，那样繁盛、那样无忌、那样丰美，正是在人世灰黑的图画中抹过一道七彩霓虹，让我们下山之时，觉得尘世的烦琐与苦厄也能安忍地渡过了。

阳明山每年的花季，对许多人来说因此是一场朝圣之旅，不只向外歌颂大化之美，也是在向内寻找逐渐淹没的心灵圣殿，企图拨开迷雾，看自己内心那朵枯萎中的花朵。花季的赶集因此成形，是以外在之花勾起心灵之花，以阳春的喜悦来抚平生活的苦恼，以七彩的色泽来弥补灰白的人生。

　　每年花季，我带着这样的心情上山，深感人世里每年花季，都是一种应该珍惜的奢侈，因而就宝爱着每一朵盛开或将开的花，走在山林之间，步子也就格外轻盈。呀！一年之中若是没有一些纯然看花的日子，生命就会失落自然送给我们的珍贵礼物。

　　可叹的是，二十年来赶花季的人，年年倍数增加，车子塞住了，在花季上山甚至成了艰难痛苦的事。好不容易颠踬上山，人比花多，人声比鸟声更喧闹，有时几乎怀疑是站在人潮汹涌的忠孝东路。恶声恶状的计程车司机，来回阻拦的小贩，围在公园里唱卡拉 OK 的青年，满地的铝罐与饮料瓶……都会使游春赏花的心情霎时黯淡。

　　更令人吃惊的是，有时赏花到一半，突然冒出一棵树枝尽被折去，只余树顶三两朵残花的枯树。我一直苦思那花枝的下落而不可得，有一次在饶河街夜市看人卖梅花才知道了，大枝五十元，小枝三十元，卖的人信誓旦旦地说是阳明山上剪下来出售的。

　　心情的失去，也使我失去今年赏花的兴致。

　　住在山上的朋友则最怕花季。每年花季，上班与回家都成为人生的痛苦折磨，他说："下了山，怕回家；上了山，就不敢出来了。真是痛恨什么鬼花季呀！"因为花季，使住在花园的人不敢回家；因为花季，使真正爱花的人不敢上山赏花；因为花季，纯美的花成为庸俗人的庸俗祭品。真是可哀！

我想到，今年也差不多是花季的时候，我到美浓的"黄蝶翠谷"去看黄蝶，盘桓终日，竟连最小的一只黄蝶也未曾看见，只看到路边卖烤小鸟与香肠的小贩，甚至也有卖野生动物与蝴蝶标本的。翠谷里，则是满谷的人在捉鱼、捞虾、烤肉……翠谷不再翠绿了，黄蝶已经渺茫了，只留下一个感叹的无限悲哀的名字"黄蝶翠谷"。

陪我同去的哥哥说，这翠谷即将建成水库，水库一建，更不可能有黄蝶了，附近美丽的双溪公园和高大的南洋杉都会被淹没，来这里的人多少是抱着一种朝圣的心情，好像寺庙将拆，大伙儿相约来烧最后的一炷晚香。

我的晚香就是我悲凉的心情。我用无奈的火苗点燃叫作惋惜、遗憾、心痛的三炷晚香，匆匆插在溪谷之中，预先悼念黄蝶的消失，就沉默地离开了。

花是前生的蝶，蝶是今生的花，它们相约在春天，一起寻访生命的记忆。蝶与花看起来是多么相似，一只蝶专注地吸食花蜜时，比花更艳静得像花；一朵花在晨风中摇动时，比蝶更翻飞得像蝶。因此，阳明山的花季和美浓溪谷的黄蝶，引起我的感伤也十分近似。

蝶的诞生、花的开放，其实是一种最好的示现，示现了人生的美丽的确短暂，在我们生命中一切的美丽真的只是一瞥。一眨眼间，黄蝶飘零，春花萎落，这是人生的无常，也是宇宙的无常。花季正是花祭，蝶生旋即蝶灭，只是赏花看蝶的人很少做这样的深思，因此很少人是庄子。

失去了蝶的溪谷还有生机吗？

落了花的山林是不是一样美丽呢？

在如流如云的人生，在如雾如电的生活，偶然的一瞥是不是惊动我们的心灵呢？

我们不能深思，不能观照，因而在寻花、觅蝶的过程，心总是霸道的。我们既不怜香，也不能惜蝶，只是在人生中匆匆赶集，走着无明刚强的道路，蝶飞走的时候，再也没有人去溪谷，花凋零的时刻，再也无人上山了。

好不容易花季终于结束，梅雨季节正要来临，我决定找一个清晨到阳明山去。

"过两天我上山去看花祭。"我对朋友说。

"可是，花季已经结束了呀！"朋友说。

我说："花祭，是祭奠的祭，不是季节的季。"

"喔！喔！"

心里常有花季的人，什么时候都是很好的。即使花都谢落，也有可观之处。

心里常有彩蝶的人，任何时候都充满颜色，有飞翔之姿。

"花都谢了，还有什么可看的呢？"朋友疑惑地说。

"看无常啊！"

无常，才是花开花谢，蝶生蝶灭最惊人的预示！

无常，也才是人世、山林、浊世、净土中最真实的风景。

愿生彼国

愈来愈觉得自己接近净土法门，相信在某一个不可知的地方，确实有着不可思议的极乐世界。

朋友问我原因。

我说："人到中年，更感到人的有限与渺小；也更体验到人生中无可奈何与无声以对的时刻；再加上，从前相信净土可以在人间实现，看到今天社会的混乱、人心的败坏，这个希望也破灭了。唯有信靠极乐净土才是唯一的方向！"

学佛的朋友说："这怎么可以呢？往生净土及对阿弥陀佛的信仰，应该是一种欣乐，一个人如果以痛苦的心灵去往生净土，不是违反了信乐的原则吗？"

"当然，要去净土的心是一种欣乐，可是净土更是为痛苦的心灵所建立的。阿弥陀佛的愿望就是要使那些厌离人间的、无助无告的、满目凄凉的人，能有一个向往与皈依的所在。由于这种向往，使他们能在苦痛无边的人间也有向上的欣乐的心情呀！"

"何以见得？"

"如果没有种种痛苦，人们不会生起真实的出离心，由于深入骨髓的出离心，一个人立刻就体验到净土的法乐；也由于切肤之痛的出离心，一个人对现世就没有染着。这两者才是真正的欣乐呀！"

我对朋友说，经过这许多年的悲切之体验，我也日渐的能感受到阿弥陀佛那无量深广的慈悲与愿望。他那种完全为众生设想的心，有时在长夜里想来，都要因感动而身毛皆竖、泪流满面呀！

"怎么说呢？"

"在《阿弥陀经》里，释迦牟尼佛告诉舍利子说：'不可以少善根福德因缘得生彼国！'又说'若有善男子、善女子闻说阿弥陀佛，执持名号，若一日、若二日、若三日、若四日、若五日、若六日、若七日，一心不乱，其人临命终时，阿弥陀佛与诸圣众现在其前。是人终时心不颠倒，即得往生阿弥陀佛极乐国土……'到这个时候，极乐世界都还是为善人说的，想一想'福德因缘''一心不乱''心不颠倒'这几句话，就会发现净土很难，除非是大善人才有机会去呀！"

朋友说："是呀！那我们一般人要去净土，如果依阿弥陀佛经的条件就很难了呀！"

"佛也知道即使是这种条件，娑婆世界的罪苦众生也少有达成的人。因此在《无量寿经》里我们看到他说：'设我得佛，十方众生至心信乐，欲生我国乃至十念，若不生者不取正觉，唯除五逆诽谤正法。'这样一想，恐怕还是难的，因此佛又说：'诸有众生闻其名号，信心欢喜乃至一念，至心回向愿生彼国，即得往生，住不退转，唯除五逆诽谤正法。'"

"佛的慈悲在这里看得更清楚了，从福德因缘、一心不乱、心不颠倒，到后来是'乃至十念'、甚至'一念至心回向'，条件已经低到不能再低了。"

这有一点像犯了错的孩子，每一个父母都寄望自己的孩子是人中的龙凤，但是非常可能的，自己的孩子并没有期待中那么好（那些杀人放火、作奸犯科的人不也是人子吗？），于是对孩子只有更宽大包容的心，这并不代表对孩子降低了期望，而是："不管发生什么天大的事，你们还是我最好的孩子呀！"

朋友听了也觉得有理，却问道："可是，五逆诽谤之罪的孩子还是不能进极乐世界呀！"

五逆之罪就是弑父、弑母、弑阿罗汉、出佛身血、破和合僧。我说："那是佛为了慈悯恶心的人而给他们最低的戒律。戒律的精神是教我们不管身处什么样的情况，都不可以毁犯五逆的戒条，对一些人是有吓阻作用的。其实，佛的慈悲是没有任何条件的。"

"然而，不能往生又是怎么说呢？"朋友又问。

"五逆诽谤正法不能往生之说，是对那些未犯的人说的，如果是已犯，佛还是准许他们忏悔的。我们一起来读《观无量寿经》的一段经文：

> 或有众生作不善业，五逆十恶具诸不善，如此愚
> 人以恶业故，应堕恶道经历多劫受苦无穷。如此愚人

临命终时，遇善知识种种安慰，为说妙法教令念佛。
彼人苦逼不遑念佛，善友告言：汝若不能念彼佛者，应
称归命无量寿佛。如是至心令声不绝，具足十念称南
无阿弥陀佛。称佛名故，于念念中除八十亿劫生死之
罪，命终之时见金莲花犹如日轮住其人前。如一念顷
即得往生极乐世界。

"这段话就是说，即使是五逆十恶具诸不善的人，佛也给了
方便的门扉，并且化成金莲花去接引他们。"

我告诉朋友，在人生里，我们总有不能释怀的事，不能宽容
的人，有拒绝往来的朋友，甚至连一点小事都会刺痛我们不能谅
解的心。

因此，每次读到《观无量寿经》的这一段就有一种至深的感
动，感动于佛的至大至广的包容与至深至切的悲怀。然后就有一
种谦卑的立志，希望能以卑微的自己去投靠佛的怀抱，发愿："愿
生彼国，得与如是诸上善人，俱会一处。"（《阿弥陀经》）

我和朋友一时之间都沉默了，我们在沉默中互相听见心灵那
种愈来愈浑厚的声音，声音里有一朵金色的莲花，不断地响着六
个字："南无阿弥陀佛！"

苏东坡与禅

　　苏东坡留下了许多与佛印禅师玩笑谈禅的故事，在这些故事中，苏东坡时常处在败阵的一方，因此使后世的许多人认为苏东坡的"禅境不高"，这个见解是有待商榷的。

　　我在读苏东坡的诗文、传记、逸事时，觉得苏东坡在禅境上至少是个开悟的人。有一次我到南投水里莲因寺小住，夜里听忏云上人开示，谈到苏东坡，上人说："苏东坡居士是开悟的人，只是很少人能体会罢了！"我听了大感赞佩，这样对苏东坡肯定，在当代出家高僧中，忏云师父是第一人。

　　古来的大禅师，也有许多肯定苏东坡的悟境，像大慧宗杲禅师就给予极高的肯定。紫柏大师甚至认为苏东坡的文字处处有开悟之机，说他："东坡老贼，以文字为绿林，出没于峰前路口，荆棘丛中，窝弓药箭，无处不藏，专候杀人。"不具悟眼的人，一读了他的诗文，"一触其机，刀箭齐发，尸横血溅，碧流成赤！"对于苏东坡诗文的威力，紫柏大师算是给了极高的评价，甚至认为参透了他诗里的玄机，就能"沸汤消雪"地开悟了！

苏东坡的许多诗，从宋朝以后，就被许多禅师看成是悟后境界的作品，例如有名的庐山三诗：

> 溪声便是广长舌，
> 山色岂非清净身？
> 夜来八万四千偈，
> 他日如何举似人？

> 横看成岭侧成峰，
> 远近高低各不同。
> 不识庐山真面目，
> 只缘身在此山中。

> 庐山烟雨浙江潮，
> 未到千般恨不消。
> 到得还来别无事，
> 庐山烟雨浙江潮。

苏东坡作为宋朝第一名的诗人，除了他的文字优美高旷，气势或雄浑，或温柔，或大开大阖，或细致绵密，令人动容之外，有一个极重要的因素，是他的作品往往含藏了非常深刻的禅思禅意。

以他最被流传的两首词来看看，他的禅意在哪里：

152

赤壁怀古

大江东去，浪淘尽，千古风流人物。故垒西边，人道是，三国周郎赤壁。乱石穿空，惊涛拍岸，卷起千堆雪。江山如画，一时多少豪杰！

遥想公瑾当年，小乔初嫁了，雄姿英发。羽扇纶巾，谈笑间，樯橹灰飞烟灭。故国神游，多情应笑我，早生华发。人生如梦，一樽还酹江月。

在这首气势磅礴的词里，苏东坡表达了对无常与空的观照，"浪淘尽，千古风流人物""一时多少豪杰""樯橹灰飞烟灭"，无一不是对无常的感喟，但他也不失去禅师的潇洒："人生如梦，一樽还酹江月"。

水调歌头

明月几时有？把酒问青天。不知天上宫阙，今夕是何年？我欲乘风归去，唯恐琼楼玉宇，高处不胜寒。起舞弄清影，何似在人间！转朱阁，低绮户，照无眠。不应有恨，何事长向别时圆？人有悲欢离合，月有阴晴圆缺，此事古难全。但愿人长久，千里共婵娟。

这首气魄奔放、意气飞逸的词，有许多句子都是绝唱，成为知识分子、庶民阶层都喜欢的作品，其中也有禅意、像"不应有

恨，何事长向别时圆？"像"人有悲欢离合，月有阴晴圆缺，此
事古难全。但愿人长久，千里共婵娟。"超越了婉约的情愁，有
超拔之概，非常巧合的，这首词是写于他自己盖的一个凉亭，名
字叫"超然台"。

苏东坡的诗文中有禅意的不少，这成为他的风格，也是他人
格的展现，我们试举一些为人熟知的诗来看看：

人生到处知何似？应似飞鸿踏雪泥；

泥上偶然留指爪，鸿飞那复计东西？

——《和子由渑池怀旧》

春色三分，二分尘土，一分流水。

细看来，不是杨花，点点是离人泪。

——《水龙吟》

古今如梦，何曾梦觉，但有旧欢新怨。

异时对，南楼夜景，为余浩叹！

——《永遇乐》

试问夜如何？夜已三更，金波淡，玉绳低转。

但屈指，西风几时来？又不道，流年暗中偷换。

——《洞仙歌》

此生已觉都无事，今岁仍逢大有年；

山寺归来闻好语，野花啼鸟亦欣然。

——《归宜兴留题竹西寺》

暮云收尽溢清寒，银汉无声转玉盘；
此生此夜不长好，明月明年何处看？

——《中秋月》

暮鼓朝钟自击撞，闭门孤枕对残釭；
白灰旋拨通红火，卧听萧萧雨打窗。

——《书双竹湛师房》

采得百花成蜜后，不知辛苦为谁甜？

——《戏答佛印》

三年走吴越，踏遍千重山；
朝随白云去，暮与栖鸦还。

——《祈雪雾猪泉出城马上作赠舒尧文》

花褪残红青杏小，燕子飞时，绿水人家绕。
枝上柳绵吹又少，天涯何处无芳草？
墙里秋千墙外道，墙外行人，墙里佳人笑。
笑渐不闻声渐悄，多情却被无情恼。

——《蝶恋花》

阴晴朝暮几回新，已向虚空付此身；

出本无心归亦好，白云还是望云人。

——《望雪楼》

夜饮东坡醒复醉，归来仿佛三更。

家童鼻息已雷鸣，敲门都不应，倚仗听江声。

长恨此身非我有，何时忘却营营？

夜阑风静縠纹平，小舟从此逝，江海寄余生！

——《临江仙》

人皆养子望聪明，我被聪明误一生；

唯愿孩儿愚且鲁，无灾无难到公卿。

——《洗儿诗》

生前富贵，死后文章，百年瞬息万世忙，夷齐盗
跖俱亡羊。

不如眼前一醉，是非忧乐两都忘。

——《薄薄酒》

世事一场大梦，人生几度秋凉？

——《西江月》

有情风万里卷湖来，无情送潮归。

——《八声甘州》

人似秋鸿来有信，事如春梦了无痕。

——《出郊寻春》

杳杳天低鹘没处，青山一发是中原。

——《澄迈驿通潮阁》

莫听穿林打叶声，何妨吟啸且徐行，竹杖芒鞋轻
胜马，谁怕？一蓑烟雨任平生。

料峭春风吹酒醒，微冷，山头斜照却相迎。回首
向来萧瑟处，归去，也无风雨也无晴。

——《定风波》

心似已灰之木，身如不系之舟；
问汝平生功业，黄州惠州儋州。

——《自题金山画像》

我们时常随口吟哦出来的诗句，许多是出自于东坡的手笔。
他这些动人的诗词所以能使人长记不忘，是因为其中有深刻的
禅思。

不仅诗歌如此，东坡的随笔，有时候读起来仿佛是出自禅师
之手，例如他说：

无事以当贵，早寝以当富，安步以当车，晚食以

当肉。

养生无他术，安寝无念，神气自服。

——《养生论》

处贫贱易，处富贵难。安劳苦易，安闲散难。忍痛易，忍痒难。人能安闲散、耐富贵、耐痒，真有道之士也。

——《春渚纪闻》

天下有大勇者，猝然临之而不惊，无故加之而不怒。

——《留侯论》

一曰安分以养福，二曰宽胃以养气，三曰省费以养财。

——《东坡老林》

口体之欲，何穷之有？每加节俭，亦是惜福延寿之道。"

——《与李公择书》

作文大略如行云流水，初无定质，但行于所当行，止于所不可不止，文理自然，姿态横生。

——《与谢民师推官书》

苏东坡的平常笔记固充满禅意，他还写过佛法与禅法的许多颂、赞、偈、铭、记、书、序等等，明朝的徐长孺曾辑为《东坡禅喜集》八卷，其中关于禅悟的体验珠玑遍地，我们也选一些来看：

　　　　慈近乎仁，悲近乎义，忍近乎勇，忧近乎智，四者似之，而卒非是，有大圆觉，平等无二。无冤故仁，无新故义，无人故勇，无我故智，彼四虽近，有作有止，此四本无，有取有匮。有二长者，皆乐檀施，其一大富，千金日费，其一甚贫，百钱而已，我说二人，等无有二。

　　　　　　　　　　　　　　——《观世音菩萨颂》

　　　　旃檀非烟，火亦无香，是从何生，俯仰在亡。
　　　　弹指赞叹，善思念之，是一炷香，是天人师。
　　　　　　　　　　　　　　　　——《罗汉赞》

　　　　以口说法，法不可说，以手示人，手去法灭。
　　　　生灭之中，自然真常，是故我法，不离色声。
　　　　　　　　　　　　——《赞禅月所画大阿罗汉》

　　　　我观世间诸得道者，多因苦恼。
　　　　苦恼之极，无所告诉，则呼父母。
　　　　父母不闻，仰而呼天，天不能救，则当归命于佛

159

世尊。

佛以大悲方便开示，令知诸苦以爱为本，得爱则喜，犯爱则怒，失爱则悲，伤爱则惧，而此爱根，何所从生，展转观察，爱尽苦灭，得安乐处。

——《朱寿昌梁武忏赞偈序》

寒人者冰热者火，冰火初不自寒热，一切世间我四大，毕竟谁受寒热者，愿以法水浸摩尼，当观此石如瓦砾。

——《玉石偈》

至人无梦。或曰："高宗、武王、孔子皆梦，佛亦梦。"梦不异觉，觉不异梦；梦即是觉，觉即是梦，此其所以为无梦也欤。

——《梦斋铭序》

大悲者，观世音之变也。观世音由闻而觉，始于闻，而能无所闻；始于无所闻，而能无所不闻。能无所闻，虽无身可也；能无所不闻，虽千万亿身可也。而况于手与目乎？虽然非无身，无以举千万亿身之众，非千万亿身，无以示无身之至。故散而为千万亿身，聚而为八万四千母陀罗臂，八万四千清净宝目，其道一尔！

——《大悲阁记》

众生以爱，故入生死。由于爱境，有逆有顺，而
生喜怒，造种种业，展转六趣，至千万劫，本所从来，
唯有一爱，更无余病。佛大医王，对病为药，唯有一
舍，更无余药，尝以此药，而治此病，如水救火，应
手当灭。

——《罗汉阁记》

无所厌离，何从出世，无所欣慕，何从入道！欣
慕之至，亡子见父，厌离之极，烁鸡出汤。不极不至，
心地不净，如饭中沙，与饭皆熟，若不含糊，与饭俱
咽，即须吐出，与沙俱弃。善哉佛子，作清净饭，淘
来去沙，终不能尽，不如即用。本所自种，元无沙米，
此米无沙，亦不受沙，非不受也，无受处故。

——《书黄鲁直李氏传后》

一般人谈到苏东坡与禅，喜欢举与佛印的传奇来说，却忽略
了苏东坡曾写过许多佛与禅的诗文，这些诗文都十分优美，有悟
境，也有独到的观点，可以看出苏东坡是真正有修为的人，否则
不会四度贬官，还能维持豪迈乐观的态度，如果以为苏东坡于禅
法只是"泛泛之辈"，那可能是错看了东坡。

禅法不存在于公案语录之中，更要紧的是人格与风格，是落
实于生命与生活之中。我们来看几个苏东坡在生活中的表现，可
以知道他的禅趣不是后来与许多高僧对语才建立起来的。

苏东坡小的时候就展现了过人的才智，跟随眉山道士张易简

读书。

有一天，京城来了一个客人找张易简，拿了一本《庆历圣德诗》给张看，是歌颂范仲淹、欧阳修革新朝政的诗歌。

东坡听了很有兴趣，就问："范仲淹、欧阳修是什么人呢？"

老师很不耐烦地说："小孩子不要多问！"

东坡固执地说："他们是天上的神仙吗？如果是，我当然不必知道。如果他们是地上的人，为什么不可以问呢？"

张易简听了感到惊奇，才耐心地为他说明范和欧阳是什么样的人，给苏东坡留下深刻的印象。

苏东坡是非常人间性的人，他虽然参禅、笃信佛教，却不讲怪力乱神之事。他青年时代在凤翔府任职期满，携眷返回京师，路过白华山，他的一个侍从兵突然发起疯来，又叫又跳，自己把衣服脱光乱跑，东坡命人把他绑在椅子上。

家人告诉东坡："一定是触怒山神而中邪了。"

东坡于是带了一个随从，走向附近一间山神庙，向山神祷告，并责备山神不应该对一个小兵开玩笑，应该去向大奸大恶的人显灵才对。他祷告完的时候狂风大作、飞沙走石，两人寸步难行，东坡对随从说："奇怪！难道是山神余怒未息？"

随从说："是呀！大人，我们还是先避一避吧！"

东坡坦然地说："不，我不怕！"

狂风愈来愈强，同行的人和马匹都躲起来了，随从说："大人！我们还是赶回山神庙，去向山神求饶吧！"

东坡说："山神一定要发怒，只好由他，我还是往前走，看他能怎么样？"

他一说完，风就立刻小了下来，回到府中，那中邪的侍从小兵也醒过来了！

苏东坡虽然个性潇洒，显然有他坚定的对事物的看法，因此他曾自谓："一肚子不合时宜。"这种性格到临终时都未改变。

宋徽宗靖国元年，苏东坡六十六岁，七月二十八时病情恶化，他的家人和方外好友维琳法师在旁边陪他。

维琳法师对他说："这个时候要想来生。"

"西天也许有，空想前往，又有何用？"

好友钱世雄也在一旁劝他："现在最好做如是想。"

"勉强去想就错了。"苏东坡说，然后安详地咽下一口气。

这种坦然的态度，使我们知道他在禅悟方面是有体验、有意见的。也是这种潇洒的态度，使我们了解到东坡自始至终都是禅宗的信徒。

苏东坡最为人津津乐道的，是他与禅师们来往的许多公案与传奇，从他的生平看来，他有参访神师的癖好，时常在禅寺中小住，与那个时代的佛印、大通、维琳、玉泉禅师等都有来往，甚至成为至交。像他和佛印交情深厚，留下许多动人的故事。

佛印禅师原名叫谢端卿，是临安人士，少有诗名，博学多闻，对佛道有极深的研究，他在京城里认识了苏东坡，常在一起饮酒、吟诗，成为好朋友。

因为逢到大旱，神宗皇帝要在神庙祈雨，召集京城的名僧召开法会，并由苏东坡协办仪式。有一次聊天，苏东坡就向端卿说："你既喜欢佛教禅理，最近皇帝要召集高僧诵经，你何不装作一个侍者参加法会呢？也可以亲眼看看皇帝，大开眼界。"端卿就答应了。

于是，东坡安排端卿装作捧烛的侍童，随在皇帝左右。神宗焚香祷告完毕，回头看到端卿相貌魁伟、气度不凡，便随口问道："侍者，信仰佛教诚心吗？"

端卿回答说："素喜释教，诚心诚意！"

神宗见他如此至诚，又品貌出众，即说道："既然如此，就入佛门修道吧！"并且立刻赐准披剃。

皇帝既然开口，大相国寺的方丈立刻执行，为端卿削发，神宗皇帝亲自赐法名为了元，号佛印。

佛印的出家就是东坡促成的因缘，从此他苦心修道，后来成为金山寺的住持，在当时已经是一代著名的诗僧。

传说东坡为了试验佛印的道心，有一次到金山寺与他饮酒赋诗，把佛印灌得酩酊大醉，并挑选了一位最标致的官妓，睡在佛印旁边。

佛印半夜酒醒，发现自己身旁卧着一个美丽的女人，知道是东坡的诡计，连忙把官妓遣走，并在墙上写了一首诗：

夜来酒醉上床眠，醒来琵琶在枕边；
传语翰林苏学士，不曾拨动一条弦。

东坡知道了，哈哈大笑。

在禅门里流传极广的"八风吹不动，一屁打过江"的公案，"佛印眼中有佛，东坡心中有粪"的公案也是发生在这段期间，因为是大家都知道的，不再赘述。我们来看一些比较不为人知的酬唱。

有一天，苏东坡与佛印相偕出游，到了九里松，看到远处一个山，峰高峻峭。东坡就问说："那是什么山？"

"那是飞来峰。"佛印说。

"既飞来，何不飞去？"东坡又问。

"一动不如一静！"佛印说。

"为什么要静呢？"东坡再问。

"既来之，则安之。"佛印答。

……

两人又走到天竺寺，看到一尊观音菩萨手持念珠，东坡问说："观音既是佛，为什么手里还拿念珠，是念什么呢？"

"也不过是念念佛号罢了！"

"念什么佛号？"

"也只是念观音菩萨的佛号罢了！"

"他自己是观音菩萨，为什么又念自己的佛号呢？"

佛印说："求人不如求己呀！"

东坡信步走到观音座前，拿起一部《法华经普门品》，翻到经文里："咒诅诸毒药，所欲害身者，念彼观音力，还著于本人！"东坡喟然叹曰："佛是何等的悲，哪有说救人一难而害人一命的？佛印！我体贴佛意把它改一句好吗？"于是将经文改为："咒诅诸毒药，所欲害身者，念彼观音力，两家都没事。"佛印说："善哉！善哉！"并赋诗一首：

南海观音真奇绝，手持串珠一百八；

始知求己胜求人，自念观世音菩萨。

有一天，苏东坡和佛印一起在山中散步，突然有一只黄鹂鸟穿林而过，东坡说："古代诗人，时常将'僧'和'鸟'字在诗中相对。"

佛印说："何以见得？"

东坡说："举例来说，像'时闻啄木鸟，疑是叩门僧'，岂不是僧与鸟相对？还有，像'鸟宿池边树，僧敲月下门'也是，我真佩服古人以僧对鸟的巧思呀！"

佛印这时听出东坡有调侃之意，笑说："这也正是为什么我时常以'僧'的身份，和你相对的原因呀！"

有一天，东坡和秦少游在一起吃饭，忽然捉到身上的一只虱子。他对少游说："这虱子是由垢腻生成的。"少游说："不是，这是由棉絮毛污生成的。"两人辩了半天，没有结果，东坡说："明天我们一起去问佛印，看他怎么说，输的人请一桌酒席。"

宴席散了，秦少游私自跑去找佛印，对佛印说："我刚才和东坡辩论虱子的来历，他说垢腻生成，我说是棉絮生成，明天来问你的时候，你就说我的对，我就请你吃一桌馎饦会酒席。"

过了一会儿，东坡也来了，对佛印说："我刚才和少游辩论虱子的来历，他说是棉絮生成，我说是垢腻生成，明天来问你的时候，你就说我的对，我请你吃一桌冷淘会的酒席。"

第二天，两人一起到佛印前面辩论，佛印说："这个容易呀！虱子是垢腻成身，棉絮为脚，先吃冷淘，后吃馎饦！"两人相顾愕然，继而哈哈大笑！

从佛印与东坡的故事，苏东坡似乎都是败于下风，这一来是因为佛印的禅机确实胜过东坡，二来是东坡并不争胜，常自居于配角。这些故事则真的很能引人深思，东坡的捷才与佛印的机智都是令人佩服的。

除了与佛印对答，苏东坡和玉泉、大通、元净禅师都有过类似的禅机，但是苏东坡最伟大的地方，是他使禅心落实于生活。他是历史上少见的通人，他既是诗人、画家、书法家，也是美食家、制墨家、造酒家；他既精通医术，又擅于养生。在他的一生里，虽然宦途不得意，每到一处都施行仁政，受到百姓的爱戴，留下许多慈悲救人的故事，因此后人认为他是五祖戒禅师的转世，当然这也是不可查考了。

在苏东坡传记中有一个动人的故事，他晚年时想到宜兴养老，托朋友在荆溪岸边给他买一幢房子，花光了他手上的积蓄。

要搬家之前，他先去看那幢村舍，自己非常满意，一天晚上在附近散步，路过村屋，听到女人的哭声，他就和朋友好奇推门进入，看到一个老太太正在痛哭。

东坡问她为何痛哭？老太太说："我们有一幢祖传的住宅，逆子不孝，把它卖了，现在我搬出祖宅，寄人篱下，想起死去的亲人，所以伤心呀！"东坡很受感动，问道："你的房子卖给谁了？在什么地方？"

出乎意料，竟是自己买的房子，他立刻叫人取来房契，在老太太面前烧了。第二天还找到老太太的儿子，叫他请老母亲搬回故居，一点也没有提起退钱的事。

那时，苏东坡正被从黄州贬到汝州，生活清苦，"难于路行，无屋可居，无田可食。二十余口不知所归，饥寒之忧近在朝夕"，买房的钱，则是托好友范镇卖掉父亲苏洵在京师留下的祖宅所得的钱。

苏东坡这种悲天悯人的性情，才是他在生活中表现的真正禅心，如此真能放下的人，谁说他没有悟道呢？这个故事使我想起他诵海棠的一首诗：

嫣然一笑竹篱间，桃李漫山总粗俗；
也知造物有深意，故遣佳人在空谷。

他的注记是："寓居定惠院之东，杂花满山，有海棠一株，土人不知贵也。"想到东坡充满禅意的一生，思及"也知造物有深意，故遣佳人在空谷"，仿佛还听见他横越千古的空谷足音呀！